Pandemic Diary

Shinchosha

パンデミック日記

新潮編集部編

Pandemic Diary

Shinchosha

パンデミック日記

「新潮」編集部／編

パンデミック日記　目次

カバー・表紙・本文カット
THE COPY TRAVELERS

パンデミック日記

筒井康隆（小説家）

1月1日（水）

我が家は元日と三日めが味噌雑煮、二日めが澄まし雑煮である。今年も夫婦ふたりきり、「たん熊」の二段のおせちで祝う。それに橿原(かしはら)神宮からの屠蘇。酒は白鷹。

年賀状を出さなくなってからもう十年になるだろうか。終活のつもりはなく、単に数が返信不可能なまでに増え、出す人と出さない人とを区別するのが嫌なので、いっそのこと全部出さないことにしたのだ。それでも賀状を下さる人は多く、多くは東京の家にだが、ここ神戸にも永井豪、白石加代子、ハイヒール・モモコ、笑福亭福笑など三十通ほど届く。美術刀剣の杉原宗都からも来たのでほっとする。日本刀を研いでほしかったのだが連絡先がわからなかったのだ。

夜はテアトロクチーナのイタリアンおせち二段、酒は甕壺仕込み焼酎の村尾。

1月2日（木）

昨日、今日とよく晴れて心地よし。

逗子の伸輔にイタリアンおせちを送ったので礼の電話。恒至も出てお年玉の礼。喜美子さんからも年賀の電話。すべて光子が聞く。おれは出ないのである。

暮から書き始めていた短篇を書き継ぐ。邪魔が入らないので思い通りに捗る。

夜はワイルド・ターキーのスピリット。メルカリに書いたショート・ショートの評判がいいのでご機嫌。したたかに呑む。

1月3日（金）

今日も賀状。北村総一朗、他十数枚。

短篇を書き継ぐ。「縁側の人」という単純なタイトルにした。忘れぬうちにと、頼まれていた「ＳＦマガジン」の次号に、眉村卓追悼として「眉村卓と私」を二枚半書く。

夜は肝臓休めにノンアルコール・ビール。テレビで映画「マスカレード・ホテル」を見る。よくできているが、コマーシャルの多さに閉口。この傾向が拡大すれば「にぎやかな未来」の世界になるのか。

1月4日（土）

今日も賀状。森村誠一、他数枚。

青山学院大学の箱根駅伝優勝は喜ばしい。陸上部の子たちだと思うが、いつも神宮前の我が家の玄関前を男女二、三十人で駆けていく。そして勝手口の前から坂道を駈け上っていく。つまり青学の前の道路を下れば我が家の勝手口に突き当たるのだ。孫は一人しかいないので、ああいう元気な子がもう二人ほどほしいもんだ。

1月5日（日）

「縁側の人」を書き上げた。三十枚になったが、推敲のためプリントアウトせず、もう少し置いておくことにする。

夜は歩いて三分のテアトロクチーナへ。今年初めての外出であり外食である。いつもながら仔牛のソテーが美味。ワイルド・ターキーのライをハイボールで四杯。おれがこの店のことを書いたタウン誌「神戸っ子」が二冊置いてあった。なんで先にこっちへ来るんだ。

1月6日（月）

本来は今日上京する筈だったのだが、燃えるゴミを出すのが明日なので一日延ばすことにした。年末は最終のゴミ出しが二十七日であり、年明けが七日。十日もゴミを取りに来ないと言うのはひどい。臭うてならんわい。今度神戸に帰ってくるのは二十日過ぎになるので、家の中へ二十日以上も生ゴミを置いてはおけないから予定変更で明日上京するのだ。

　原稿類その他の書類をメールで自分に送稿する。東京のマックで共有するためである。他、明日の準備に追われる。

1月7日（火）

　午後二時、いつものように安威君がリムジンで迎えにきてくれて夫婦は新神戸駅へ。もはや駅構内もプラットホームもがらんとしている。八重洲口のタクシー乗場だけはいつも通りの混雑。バスが何台か連なって来ると列が動かない。なんとかならぬものか。このままではオリパラでえらいことになるぞ。

　ニューオータニのアーケード階、にいづに行く。お馴染なので新年の挨拶を交す。新年宴会らしきものふた組、六人と十数人。こちらはほぼいつも通りのメニュー。まぐろのぬた、たこ酢、にいづサラダ、鰻重、蒲焼き、きつねうどんなど、夫婦仲良く分けあって食べる。おれは芋焼酎の黒甕を炭酸割りで四杯、光子は久保田の萬寿を一合升で。

　原宿の家に到着。郵便物が山ほど。賀状は京極夏彦、林英哲、かんべむさし、今野敏、とり・みき、井沢元彦他二百通ほど。深夜まで整理に追われる。明日は林真理子との対談である。やっと時間が動き出した。

町屋良平（小説家）

1月8日（水）

　昨年末から長い小説をひたすら推敲しておりきょうも推敲。小説を書くことよりも、推敲をすることに神秘を感じがちなので、小説家に会ったら推敲のことを聞くようにしている。

たとえばいちど出来あがった小説にある世界なり身体なりみたいなものを、何ヶ月か寝かせ、ときには何年も寝かせる。そのあいだ作者自身も生きて生活し、眠って夢を見てふつうに生きている。そのように小説も作者もお互いにまったく変わってしまった世界と身体でそれぞれを弄るような感覚に、どう折り合いをつけていいのかいつもわからない。散歩→喫茶店（推敲）、散歩→喫茶店（推敲）を繰り返す毎日。

このあとは気晴らしにバドミントンをする。2019年は慌ただしく、中断していたがボクシングを止めたあと三年ぐらいバドミントンをしている。中学高校の部活がバドミントンだったわけではない。

バドミントンはサーブとレシーブに明確な攻撃力の差がなく、21点先取の三セットマッチが多いのだが、10点あたりまでのゲームの空気感が独特で、ここが他の競技にない部分なのではないかとさいきん思っている。テニスや卓球よりも一ゲームがだいぶ遠い。「長い」のではなく「遠い」と感じる。それなのに序盤が肝腎で、うまく集中できないと切迫感に欠けがちで、モチベーションをどこか外部から持ってくるような要請を感じる。その外部が選手の身体や才能の、そこまでアスレチックでない優劣を担保しているかもしれない、フワフワした向き不向きがあるようにおもえ、そのあたりにバドミントンならではの神秘を感じているのだった。

1月9日（木）

今日も推敲。もう何周しているかわからないが、終盤を直して、中盤を直して、冒頭を直し、あとは全体の表記をすこしととのえて、完成。一日だけ時間をおいて、明日には送らなきゃ。つごう二年半かけている長編なので、感慨はあるが、きほん推敲から編集者におくり掲載されるまでの、該当原稿における自己肯定感は最低なので先が思いやられる。

しかし体は軽い。

なるようにしかならないのである。

次月に掲載される予定のべつの小説にまつわる取材の段取りがつき、準備をする。書いたあとに、書いたことの落とし前をつけるような気分で取材をする。小説が連れてきた現実に、自分から乗っかりにいくような心持ちである。

1月10日（金）

ついに長編の初稿を編集の清水さんに送る。書いていた日々の記憶を一部失ったような心持ち。しかしそれはうれしくよろこばしい喪失なのだ。

ここから取材などし、指摘をうけて改稿という流れになるだろうが、あくまでも個人的な態度として、誤字脱字などをふくめて送った初稿がそのまま掲載されても、問題ないところまで初稿でやってしまう。

それではこの後の書き直しをどのような態度、モチベーションで行うのかというと、編集者と半分自我を交換して、半分だけ著者のような感覚に減退させて改稿する。このように意識しないと、「どうせあとで改稿するし」という前提で初稿を書くことになり、それは自分に向いたやり方ではないので、この半自我の習慣をいまのところ維持している。

初稿を書いている段階から半分書かされているような、半分意識不明という状態ではあるので、その半分を編集者に預けてしまうというイメージだ。しかし、編集者と自分が同じ方向（→文学の方向）を志向し、ズレのない態度で寄り添ってもらえればこそ、可能になる作業が改稿なので、初稿より身体はデリケートになっていく。ノイズや異物はきついので、よその第三者のこえがあるなと思うとコントロールがむずかしい。いちばん困るのは、小説に他我的なロマンティシズムや理想を押しつけられるとき。これはたいへん混乱する。編集者と自我を共有する準備として、身体が無垢になってしまうがゆえかもしれない。

1月11日（土）

昨日ひととたくさん会って疲れたので多めにねむる。思考がボヤボヤしている。

昨夜は打ち合わせのあとで千葉雅也さんと平倉圭さんのトークイベントへ。

おふたりの本の共通項は、何度でも読みたいし、いつでも読みたいと思えるような、ひらかれた心地よさだ。

ある時期まで、これは小説には必須の感覚だから、ひらかれた要素が何故必要なのかということを考えるモチベーションもなかったのだが、デビューしたあとにそうでもないことを実感した。

『デッドライン』に関しては書評を書いた都合上、何度も読んでいるのだがいまも別の小説を読んでいてふとまた『デッドライン』を読みたいなあ……という思いが兆してハッとしている。まるではじめて読むみたいな気分にいつもさせてくれる小説。

1月12日（日）

朝から現役アスリートと元アスリートのお二人に取材。書き上げた小説の細部が気になって、お話をうかがう。競技はフィギュアスケート。朝練がメインのスポーツということで早起きは得意らしく、明晰に話してくださりとても助かった。

その後友人と川越の街を散策した。

1月13日（月）

昨日の取材をいかして小説を微調整。

合間に川を散策する。住んでいる街には隅田川と荒川が流れており、荒川の向こうでゆるやかにカーブする首都高速環状線の景色がずっと先の未来まで忘れられないような風景になるのだろう。あたたかくて川面に反射する光がシワシワしており気持ちがよかった。

1月14日（火）

寝る前に妙にあたまがスッキリしている時というのがたまにあるのだが、昨夜がそうで、一ヶ月ぐらい止まっている小説のことをボヤボヤ考えながら寝た。

起きてもなんとなく小説の思考が継続し、からだが点滅しているみたいになっていた。

図書館に移動する道すがらで気がついたのだが、どうも気が進まない展開が小説にあらわれてきて、あまり書きたくない方向性があり、なんとかそれを回避しようとしていたのだけど、どうやらそれは無理で、ここは小説の要請するものをきっちり書かなければ進まないだろうという、覚悟と決意がとつぜん芽生えた。

そうしなければきっと、小説じたいがダメになるだろう。

松田青子（小説家）

1月15日（水）

子どもが今九ヶ月なので、出産後から母にほとんど同居してもらっている。先週、母に用事ができて一時的に家に戻らなくてはならなくなったのだが、そうなるとその間は夜まで私のワンオペになるので恐怖を感じ、子と私で母についていきた。今日で五日目。中学生の頃読んでいた、長野まゆみの『耳猫風信社』の単行本が出てきたので久しぶりに読むが、変わらぬ良さと懐かしさに高まる。子も本を抱きかかえて遊んでいる。この本を読むと、髪の毛をフラッシュピンクに染めたくなる。子を風呂に入れる時、抱きかかえて風呂場のタイルの上におろすと、私の家だとしっかり立ってくれるのに、ここだと一度足を曲げて、しばらく足がつかないようにする瞬間が必ずあるので、違うタイルに対する不信感があるのだろうかと面白く思う。私は寝ようとすると鎖骨が気になってなかなか寝付けないことがあるのだが、今日もそう。眠る時だけ鎖骨の存在がどうしてこんなに気になるのか自分でもわからない。それとも、日中も鎖骨への違和感はあるけれど、他に受け取るべき情報がたくさんあるのであまり気になっていないのが、就寝時は鎖骨の違和感にだけピントが合う感じなのだろうか。

1月16日（木）

午後、子が昼寝を二回するが、そのたびに同じ宗教の違う顔ぶれの勧誘グループが二回来る。今どきらしく、冊子ではなくタブレットの画面を見せられ説明がはじまりそうになるが、そのタブレットで訪問済みの家を共有してくれや！と苛立つ。案の定、物音で子も二回起きる。幼い頃大好きだった児童書『おやつにまほうをかけないで』が見つかったので読む。うさぎをたくさん飼っているおばあさんがつくってくれたお菓子を食べると自分もうさぎになってしまう、というお話で、おいしそうなのと、こわそうなのが一緒になった絵本は最高である。昔、このおばあさんの家に住みたいと思っていたが、今もやはり住みたい。

1月17日（金）

子をはじめての動物園に連れていく。「園」と名のつく場所に行くのがそもそもはじめてだ。よく動物が見えるようエルゴの抱っこ紐に正面向きに乗せてみる。が、本人はなんだかよくわかっていないため、夜の動物コーナーの不気味な暗闇のなかでも、ガラスのすぐ向こうに虎の顔が近づいてきても変わらぬ憮然とした表情で、とても勇敢な感じになっている。タッチコーナーで、いつも我が家の猫にするようにむんずとヤギをつかみ、ヤギが逃げる。家では猫が逃げる。せっかくなので遊具コーナーの周囲を二周してくれる汽車に乗ってみる。子が生まれてからフィルムカメラで写真を撮っているので、汽車に乗った写真を係の女性に撮ってもらう。デジタルカメラだと思ったようで、たくさんシャッターを押してくれた。それを指摘せずに見ていた。

1月18日（土）

午後、新幹線に乗り、母とともに私の家に帰る。行きは新幹線に乗るのがはじめてで、子はどう出るのだろうかと未知の世界に突入する心持ちだったが、いつも通りおらおらではしゃいでいた。一応、富士山を通過する際は富士山を見せてみたが、どう感じたかは不明。帰りも同じ。ぱんぱんになったリュックを背負い、抱っこ紐で子を抱いていると、途中で肩が限界を超えた瞬間がはっきりとわかった。こんなことはやってはいけないと肩が言っていた。帰宅し、子を床にリリースし自由にさせていると、一週間ぶりに子に会った父担当の人が、「ねえ、はいはいできるようになってるけど、知ってた？」と言う。見ると、子が勢いよくはいはいしている。母の家では最も小さな部屋に毛布を敷き詰め、子はその部屋にだけいるようにしていたのだが、真ん中にこたつ机もあり、思う存分動くことができなかったパワーがここにきて解き放たれたようだった。

1月19日（日）

はいはいの速度が一気に上がる。はいはい天国。

1月20日（月）

子に絵本を読む。めずらしく気を散らさずに三冊も見ていられた。ちゃんと左右のページを見て、にこにこしている。私はもともと絵本が好きで個人的にずっと買っていたので、それらも読んでみている。その中の一冊はページが変色し、上半分に大きなベージュ色のシミができていて、不穏な雲みたいに見える。どのページにもその雲はあるので、むしろこの絵本の主人公のようだ。この雲もイラストの一部だと理解してはいないだろうか、と思いながら、読んでやっている。子が立ち上がってドアやイスをつかんだ後、ゆっくりまた座れるようになった。昨日までは、立ち上がると、その後どうにもできずに泣いていた。

1月21日（火）

仰向けで寝ている時、子が前ほど足をM字に折り曲げずに、まっすぐ伸ばすようになったような気がすると母。確かにそうかもしれない。私は今日も寝る時に鎖骨が気になる。鎖骨の上に手を添えると少し落ち着くので、両手を鎖骨の上にのせ、鎖骨をなだめるようにして寝る。毎日何かしら変化していく子を前にすると、大人は特に大きく変わらないので、自分は鎖骨のことぐらいしか特筆することがない。

ブレイディみかこ（ライター・コラムニスト）

1月22日（水）

今日から日記をつけることになった。生まれてこのかた、そんなことをしたことも、しようと思ったこともないのだが。とりあえず、朝から食べたものでも書いてみるか、と思ったが、すでにもう何を食べたか思い出せない。飲んだものならわかるので、ビール＆ジャック・ダニエル（混ぜたわけではない。別々に）、という文章を自己紹介に代える。

1月23日（木）

所用でロンドンへ。帰りの電車が大幅に遅延。イースト・クロイドン駅でアクシデントが起こり……というお馴染みの車内アナウンスが入ったが、今回はちょっと違う。「線路への不法侵入アクシデント」というのだ。不法侵入と聞くと人間っぽいが、動物の可能性もあるな。狐とか、あるいはふてぶてしく太った鷗が線路を塞いでたりして、と想像を逞しくしていると、向かいの席のスーツ姿の男性が、スマホで忌々しそうに誰かに言った。

「また誰かが自殺しようとしたんだろ」

本日、女王がEU離脱関連法案を裁可。いよいよこの国はEUを離脱するらしい。

1月24日（金）

PC（ポリティカル・コレクトネス）も行き過ぎると災いを……みたいな文脈を日本で広げるのは早すぎる、日本にはまだPCは根付いてない、みたいな意見を聞くたび、わたしは懐疑的だった。が、本日、その懐疑を激しく撤回。詳しくは書けないが、大手メディアでさえこの有り様だ。それを指摘する人間は「ごねている面倒な人」なのか？　「欧州かぶれ」なのか？　つらい。泣きたい。もう泣いている。

1月25日（土）

泣いて暮らしてもしょうがないので全身武装で火炎瓶を手に握り、憤然と立ち上がることにした。が、国税局から「まだあなたの確定申告が出てませんよ」の警告メールが届いているのに気づき、とりあえず火炎瓶を電卓に持ち替えねばならないと悟る。英国の確定申告の締め切りは1月末なのだ。ふと政府がEU離脱を1月末にしたのはそのせいじゃないかと直感する。この時節、みんな確定申告で手いっぱいで、政治闘争どころではない。

1月26日（日）

確定申告でたいへんな1月末に、わが家はもう一つの難局が待っている。家を引っ越すのだ。というか、正確には一時的な引っ越しを余儀なくされている。英国の家屋のセントラルヒーティングは、ボイラーが温水を製造し、それがパイプを通って各部屋のラジエーターに回り、ラジエーターが各部屋を暖かくする構造になっている。が、わが家の場合、各部屋に温水を回しているパイプのどこかに「詰まり」が生じたらしく、この極寒の季節に暖房が効かなくなった。水道屋（セントラルヒーティングの故障は水道屋の管轄になる）に来てもらったら、「こりゃどこが詰まってるかわからないので、全部床を取り外す大工事になりますよ」とか言われた挙句、その直後にボイラーまで調子悪くなって温水も出なくなり、ボイラーもパイプもラジエーターも総取り換えが必要になった。で、その工事のためにしばらく家を出なければならないのだ。

が、わたしは確定申告と月末の締め切り原稿を抱えて机にへばりついており、配偶者もいっこうに引っ越しの準備を始める気配がない。工事の人たちは2月1日に来るので、我々には5日間しか残されていないのだが。いろいろ考えると圧倒されて死にたくなるので、頭を無にして確定申告のフォームだけを埋めることにした。人が原稿を落とすときというのは、きっとこういうときのことだろう。

1月27日（月）

もう1人わたしが欲しい。どうしたらわたしはもう1人生まれるのだろう。孫悟空みたいに体毛を一本抜いてふっと息を吹きかけたらわたしが出来て原稿を書き始めたり、引っ越しの準備を始めたりしないだろうか。わたしはもうダメかもしれない。一日中こんなことばかり考えている。EU離脱の考察記事とか、じんわり泣かせる感動エッセイとか、そんなん書けるような心境ではない。孫悟空ががんがん増殖していろんな作業を始める「テキパキモンキー西遊記」のプロットならすぐ頭に浮かぶのだが。引っ越しのために有給を取っているはずの配偶者が、友人ともう1時間も電話でわはわは笑いながらしゃべっている。やっと切ったかと思ったら、今度はテレビを見ながらわはわは笑っていた。人が人を殺すときというのは、きっとこういうときのことだろう。

1月28日（火）

あと3日で引っ越しの期日。家の中はいつもと少しも変わらない。たまらなくなって闇雲に椅子から立ち上がり、とりあえず仕事に必要な資料から先に箱に詰めるぞ、と荷造りを始めた途端、「本日締め切りの原稿の件で」という催促メールがシンクロするように届く。人がネットから離脱するときというのは、きっとこういうときのことだろう。

離脱する、といえば、ブレグジットまであと3日。そんなことよりわたしには確定申告のほうがよっぽど切実で、引っ越しのほうが脅威だ。一介の庶民にとって、EU離脱なんてそんなものなのだよ、明智くん。真相がわかったかね。ふはははは、さらばだ！

柴崎友香（小説家）

1月29日（水）

暖かくて良い天気。東京都美術館に「ハマスホイとデンマーク絵画」を見に行った。平日昼間で会期前半なのに混んでいる。地方の漁民を描いた絵が当時のナショナリズムの反映というのが興味深い。穏やかな室内として描かれたハマスホイの絵が、今では不穏でほとんどホラー映画の一場面に見えるのはなんでなんやろう。国立科学博物館に移動して「ミイラ展」。十五時を過ぎていたから割引料金だった。昨年、ダブリンの博物館で見た泥炭から発見されたミイラがあまりに人間の形をとどめていたので、他のミイラも見たかった。ハマスホイ展よりもっと混んでいて、老若男女、見た目のあらゆるタイプの人がいる。こんなにも人気だとは思わなかった。皆、死体を、死を見たいのだと思う。

翌朝の八戸行きに備えてラッシュを避けるために、どんな感じなのか泊まってみたかった「高級カプセルホテル」というような矛盾した形態の宿泊施設へ。水道橋。狭いがテーブルもあり、寝台列車のような形。部屋も大浴場も快適。ただ、個室窓がなく、ドアの代わりに鍵のかけられないスクリーンで仕切られていて、とにかく静かにしなくてはならない。誰もが気配を消して、息を殺して、窓のない暗闇で、ひっそり時間が過ぎるのを待っている。

1月30日（木）

御茶ノ水駅から中央線に乗れば空いているかと思い、神田川沿いを歩く。駅の手前まで来て、横断歩道の周りでカメラを構えている人が複数いる。近づいて見ると、数日前にツイッターで知ったお茶の水橋の工事で出てきた都電の線路跡だった。ほんの数センチのアスファルトをめくった下に、何十年前の表面がそのままあった。

東京駅の駅弁売り場で滝口さんに会った。同じ列車だが違う車両に乗って八戸へ。車内はとても空いていた。暖冬なので雪があったのは岩手の北部だけだった。八戸ブックセンターの佐藤さんと森さんが迎えに来てくれて、三菱製紙八戸工場へ。高さ六十メートルの鉄塔に上って、広大な工場を見渡す。自衛隊の基地もよく見えた。工場を案内してもらってると、大学を卒業後に働いていた会社の工場を思い出す。薄緑と黄色に塗られた機械や鉄製の通路。本に使われる紙を作っている工場で、工程を解説してもらうたびに、わたしはわたしの本がどうやってできているのか全然わかっていなかったと思う。夕方からは、八戸ブックセンターの展示「柴崎友香×滝口悠生　アイオワ／八戸

〜作家が滞在するということ〜」を見て、市内のいくつかの高校の生徒たちと質疑応答。そのあと、八戸の小林市長も含めて、みろく横丁の店で夕食。山盛りの刺身と馬刺し。八戸ブックセンターを作った市長さんは、「公園へ行かないか？　火曜日に」にちらっと出てくる「ツイン・ピークス」のロケ地の話を読んだそうで、「ツイン・ピークス」が好きだと何回も話してくださった。その裏手の「プリンス」という洋酒喫茶でさらに飲む。東出昌大さんのサインがあった。

1月31日（金）

　是川小学校で五年生の子どもたちと授業。五年生にわたしと滝口さんの小説をどう読んでもらえるのだろうと少々不安に思っていたが、三作ずつから冒頭の部分とタイトルや作者とを組み合わせてみるというクイズっぽい進め方で、とてもおもしろかった。最初に冒頭の文章だけが六つ示されたとき、滝口さんが「あれ、柴崎さんのですか？」と聞いたのは滝口さんの「茄子の輝き」の冒頭だった。

　蕪島、種差海岸と回って、夜は、横丁の「へちま」とブックバー「AND BOOKS」で一日店長、というか、お客さんと飲みながら話す会。東京で文壇バーをやっていたという店主さんの「へちま」は地元の女性ばかり、「AND BOOKS」は東京、盛岡、広島と遠くから参加してくれた人が多かった。八戸中心部の飲み屋密度は高い。小雨。コンビニに寄ってみたが、八戸でもマスクはほとんどない。

2月1日（土）

　泊まっているのは約一年前に「すばる」の本特集で取材に来たときと同じドーミーイン本八戸で、朝ごはんがおいしい。めかぶやとろろに刺身をのせて作る「ぶっかけ丼」を二日とも食べた。昼から滝口さんとトークイベント。アイオワでのことを話すたび、アイオワにいた日々は遠くなったと思う。英語もずいぶん忘れてしまった。三年半は、長いのか、短いのか。滝口さんはもう一日滞在なので、わたしだけ帰京。短い時間だが、八食センターに寄ってもらう。小雨が降り始めた。港町の観光客向け市場には他でも何か所も行ったことがあるが、こんなに広大なところは初めて。車で来ていて大家族だったらたくさん買えるのに、と大量の魚介類を見ながら悔しい。駅で買った鯖ずしを新幹線で食べた。東京駅で新幹線を降りると、空気がぬるかった。

2月2日（日）

どこかに行って帰ってくると、数日は家の中がひっくり返ったままになる。

出かけていた間のラジオをradikoとラジオクラウドで聞く。放送が終わっても聞けるしくみが充実してから、すっかりラジオの生活になった。TBSラジオの「Session-22」「アフター6ジャンクション」「ジェーン・スー　生活は踊る」と、NHKの「すっぴん！」。テレビ番組は出演者が増えれば増えるほどつまらないというのが持論なのだが、ラジオは基本は二人、ゲストが来て多いときでも五人くらいなので、落ち着いて話を聞けるのが好きなのだと思う。

2月3日（月）

東京新聞で湯浅学さん、保坂和志さん、佐野史郎さんとリレー形式で連載しているエッセイ「じゅんかん記」の原稿を書く。今年の冬が寒くならないことについて。朝日新聞の大阪版で連載しているエッセイの原稿もあって、なにを書こうかと迷っているうちに夜になり、巻き寿司を買いに行く。スーパーの入口にはすでに三割引きの張り紙。ねぎとろ巻きハーフを買う。わたしは大阪で子供のころから節分にはこの巻き寿司の丸かぶりを毎年やっており、それが「恵方巻き」なんていう名前をつけられてコンビニで売り出されたことによって、この習慣自体が嘘だとか花街の下ネタだとか勝手なことを言われて悔しい、というエッセイを書いた。1月にトークイベントをした平民金子さんが

「花街の下ネタというのは自分がツイートした冗談が元」と言ってたけどほんまやろか。

2月4日（火）

銀座の資生堂の写真室へ。岡田育さんがツイートしているのを見て以来いつか行こうと思っていた。フルメイクで希望するイメージのポートレートを撮ってもらう。メイクって顔がどんどん変わっておもしろいですよね、と言うと、メイクを担当してくれた若い女子が、そうなんですよ、わたしここでパスポートの写真撮ったんですけど空港で二回止められました、と笑っていて、信頼できると確信。撮影も楽しかった。外に出ると、銀座は人がいない。道路も空いている。新型コロナウイルスの影響で中国からの観光客が来られなくなっている。銀座みゆき館で紅茶を飲みながら読書。夜は、以前から行ってみたかった稲垣吾郎さんがディレクションするレストラン「BISTRO J_O」で、島本理生さんと二人で晩ごはん。からすみやまぐろや鴨を食べた。『夜　は　お　し　ま　い』を読んで島本さんに聞きたかったことをたくさん聞いた。ワゴンで運ばれて来たデザートを欲張りすぎて苦しかったが、とても美しくておいしいものをいっぱい食べて、楽しい日だった。

菊地信義（装幀者）

2月5日（水）

高層住宅や大型旅客機の外皮を剝ぎ取ったあられもない様に息を吞んだ。着岸した乗客乗員３７１１人の大型クルーズ船の映像。吃水線から上へ、丸窓、四角窓、テラス階が４層。吃水から下は窓無しの部屋が５層。欲望をそそり、満たす、いずれにも見たくない夢のからくり。10人の新型肺炎の感染が確認され、乗客の下船の目安が付かぬという。発生した中国では感染者、死者ともに急増の記事が映像の下に。一時の夢を継ぎ接ぎして生きる消費文化、3・11に次ぐ警告。

2月6日（木）

春先、姿を見せる野鳥は目白、鶯、燕の順だが、朝方、燕が二羽、庭先に。目白のチッ、チッ、チッを追う鶯の笹鳴きが、ホーホケキョになる頃に飛来する燕。目を瞠った空を狂ったように飛び交っている。気候異変といった言葉の無い時空をきりきり舞いしている命。こちらもご同様、経済が最優先の時代が生態系にもたらした。未知の感染症の発生も無縁ではないらしい。

2月7日（金）

新聞社で、紙の本にまつわるインタビュー。仕舞いに、何か言葉とサイン、の声といっしょに色紙とペン。これが大の苦手。とっさに言葉など浮かばぬ。人に手書きの文字を晒すのも恥かしい。記事構成の要と乞われ、持ち帰った色紙。明日が〆切り。いただいた見本紙から、「紙」と「の」と「本」の活字を探し、切り取って拡大コピーして張り付けた。なんと「紙」の字は一字だけ。やんぬるかな。

2月8日（土）

馴染の料理屋「一平」から、初諸子（もろこ）の知らせ。琵琶湖でとれる小魚。夕刻、家内と馳せ参じる。白焼きへ煮きり酒と醤油を煮つめたものをかけ、焼き上げる。二杯酢で五尾。淡水魚の清らかな味と腹の子の仄かなえぐ味が一つになる一瞬のえもいわれぬ旨さ。神亀の燗で一合五勺。〆は牛すじの粕汁に太刀魚の握り。次は物集女（もずめ）の竹の子で、主人の年並みの台詞を聞かず別れたと、家にもどって気になった。

2月9日（日）

好きな物は好きでいいのに、惹かれる理由を言葉にせねば済まぬ性分。他人に己をひけらかしたいわけではない。己の心の内わけを知りたいのだ。言葉の潜在力などありもせぬのに人様には芥でしかない主体不明と悪戦苦闘。あげくのはてには、物好きね、の一言でチョンになる。原稿仕上がらず。

2月10日（月）

絵の作者のサインには、達成感のお裾分けか、何かしら作者のほっとした気分を感じる。装幀者にとっては、装幀した本が流通し、版を重ね、編集者や作者の称賛を得ても達成感がない。装幀者には無縁のものと思っていたが、初めての編集者からの依頼の手紙に胸を打たれた。高校生の時、小生の装幀したカバーに惹かれ手にした小説が文学への入口。大学から、出版社へ。その編集者が手掛けた初めての小説の装幀。達成感まで15年。ことわる理由なんてない。

2月11日（火）

かつて、文芸誌「海燕」に係わった編集者の集いに招かれ有楽町「爐端」へ。

毎号、印刷所の出張校正室へ出向き、寺田編集長をはじめ4、5人の編集者が黙黙と作業をする傍で、ゲラ刷りにタイトルやカットをレイアウトした。たいがい夜半近くに、寺田さんのおたけびのような大欠伸が静けさを破った。あれは、もっと勁い作品をものにせねば、といった己と編集者への喝だったのかもしれぬ。創刊から10年、月に一夜を共にした面面、喝のおかげか、編集の現役。やることはまだある、口には出さず、それぞれの面持ちが語っていた。

菊地成孔（音楽家・文筆家）

2月12日（水）

事務所で打ち合わせが3つ。（1）米国のジャズ老

清酒
専用通箱
ISSHO-BIN
NIPPON NO SAKE

27
死んだネコ
STOP

舗レーベル「impulse!」の60周年を記念する公演の音楽監督をやって欲しいというオファー（自分は日本人として、というより、合衆国人以外での初のレーベル契約者である）。いくつかアイデアを出す。（2）マイルス・デイヴィスの伝記映画が公開されるので、公式のサポーター／解説者になって欲しいというオファー。もう「マイルス利権」みたいな日本ジャズ批評界の旧弊も絶滅したし、軽い気持ちで引き受ける。（3）Fashion Week TOKYOが経済産業省をバックに、大規模ファッション・イベントをやるので、渋谷エリア（他には日本橋、丸の内、銀座、代官山で同時開催）のイベントに出演してくれというオファー。全体のテーマがかなりフェミニズム寄りで、自分が具体的にファッションに関わる時はプレ・フェミニスティックなので（女性にスタイリングする＝女性の主体性と自己の肉体認識への責任を原理的には剝奪する形になる）、そこのコンフリクトどうしましょうか？ という所で軽く暗礁に乗り上げる。その後、神田の美學校（勤務先の一つ）へ行き、授業を1コマ。ケーデンス（和声進行上の結句単位。文章でいうと句読点の打ち方）について。入浴からストレッチと筋トレ。脳が湧いてしまった。ハルシオン1錠。

2月13日（木）

1時から四谷でジム・ジャームッシュの新作試写会（雑誌で連載している映画批評仕事の一環）。なんとゾンビものののブラックユーモア系で「ずっと燻っていたジャームッシュが蘇った！」という前評判だったので、凄く楽しみにしていたのだが驚くほど（本当に驚いた）つまらなく、最後は悲しくなってしまった。ジャームッシュ自身と、80年代にピークがあった同世代の監督たち（リュック・ベッソンとかレオス・カラックスとか、小説家だがウィリアム・ギブスンとか）が一堂に会してゾンビを演じた方が「スマホゾンビ」等と今更な皮肉を描くより批評性があり、映画として遥かに面白いと思う。新人作家、檀廬影（いえかげ）（彼はアフリカと日本の混血で、ラッパーでもある）との往復書簡連載の自分の回を書く。サキソフォンの練習4時間。入浴からストレッチと筋トレ。身体が湧いてしまった。ハルシオン0・5錠。

2月14日（金）

サキソフォンの練習用に、深夜パック（23時以降から6時間まとめて予約すると安くなる）を取っていたので、夜まで溜まりに溜まった雑事を片付ける（自分のバンドのMVを伊勢丹新宿本店の中で撮影するのでシナハン用の日程と、自分の記憶を頼りにした絵コンテを描き、一昨日の打ち合わせの結果に対応、その他5件ぐらい）。夜になって、今日がバレンタインデーだと気づく。スタジオでサキソフォンの練習、作詞、いろんな音楽を聴く等していると6時間があっと言う間。入浴からストレッチと筋トレ。リラックス。ハルシオン0錠。

2月15日（土）

横浜のジャズクラブ「Motion Blue YOKOHAMA」で、自分が主催する晩餐会「裸体の森へ」の初日。半年前からシェフともソムリエとも打ち合わせを重ね、料理と酒を万全の物にし、音楽も磨き上げた事もあり、大変素晴らしい晩餐会となった。2日連続だが、初日の今日はアレキサンダーマックイーンのスーツルックで出演。かなりの多幸感と疲労感。過度な幸福は疲れる。その日のディナーとワインが演奏前に振る舞われたので、打ち上げずに帰宅し、入浴からストレッチと筋トレ。ハルシオン1錠。

2月16日（日）

「裸体の森へ」2日目。舞台や楽器のセッティングは昨日念入りに済ませたので、2日目はゆっくり出かける。朝食はここ2年間変わらず、6種類のナッツと4種類のチーズとトマトジュースとエスプレッソに豆乳と氷を入れたもの。蜂蜜を入れた無脂のヨーグルト。

流石に日曜なので、昨日の満員御礼というほどにはならず、空席もあったが演奏は素晴らしかった。オーダーメイドしたタキシードとシルクのリボンタイ付きシャツ（料理人の厨房服みたいなデザイン）で演奏。終演後シャンパンで乾杯し、すぐ帰宅。入浴してコニャックをオンザロックでやり、一昨日録画しておいた「ハムラアキラ～世界で最も不運な探偵」というNHKのドラマを観る。音楽を担当しているからである。テレビドラマは音楽を納品した後は、どう使われるか分からない。恐ろしくて基本的には観ないのだが、これは観ていると眠くなるので重宝している。ストレッチ、筋トレなし。ハルシオン0錠。

2月17日（月）

昔、精神分析治療を受けており、その分析医が白衣を着て、精神神経科の外来を診ている。どちらがアルバイトなのだろうか？　何れにせよ、分析治療終了後、入眠剤だけ貰いに、月に一度通っている。よもやま話などする友人が居ないので、貴重な時間である。出たばかりの映画批評書（『菊地成孔の映画関税撤廃』）を1冊献呈するとパラパラっとめくり、「お、これは面白そうだなあ」と言った。夜は私塾の授業を1コマ（コードネームのインストール。丁度この日に全コード完了した）。その後、時間ギリギリで入浴。スタジオに入り、高橋源一郎氏が4月から始めるラジオ番組のテーマ曲の作曲に入る。6時間トライしたが浮かばない。ストレッチと筋トレ。ハルシオン1錠。

2月18日（火）

会社の税理士と、自分のマネージャーであり、事務所の取締役（自分は代表取締役。要するに2人でやっている個人事務所）であるNと年度末の決算。沢山の紙にサインし、印鑑を押す。自分は、経営について全く理解していない。生まれた時から金のやりくりは人任せである。こんな事（経理について、というより、経済総体について）を知ったら発狂するだろう。会社が今年で7周年だと初めて知った。その後、内気功による整体に行き、身体の状態を確認し、整えてもらう。スタジオに5時間入って作曲にトライするも、1音も書けなかった。決算と整体を連続してやったおかげで何かがおかしくなり、谷啓の名曲「プンプン野郎」をコピーして歌うのに5時間もかけてしまった。ガックリとうなだれながらこの日記を一挙に書く。これから寝る。

小山田浩子（小説家）

2月19日（水）

JAPAN NOW 2020のため一昨日からロンドンにいる。日本からの参加者（映画監督写真家詩人翻訳家小説家等）が英国各地を巡り話したり朗読したりする。私は今日、本谷有希子さん（歳は近いが初対面）とトークセッションするためマンチェスターへ電車移動、約二時間の車窓は早々に田舎めき馬羊、ゴールがいくつも並ぶなにかの競技場などが見える。マンチェスターはゴミ箱や街灯などあちこちに街のシンボルの蜂マークがついている。イベント会場は大きな書店で、まず本谷さんが挨拶し通訳の方が訳し、さてと私が話し出した途端に窓の外からプワワワーと盛大なクラクションが響き鳴り止まない。客席の男性がこれがマンチェスターだよと両手を広げた。マンチェスターへようこそ！

2月20日（木）

朝食のため部屋を出たが鍵がかからない。フロントに電話すべきか、しかし対面ならジェスチャーもできるが英語で電話は不安だ。しばらく悩んでようよう決意しノートに英作文してから電話をするとその問い合わせは初めてではない風の声が「ドアを強くバンと閉めてくださいマダム」ドアも壊れよと殴り閉める。鍵がかかる。フロントでお礼を言うと青いシャツの男性がニコッと「いい一日を、マダム！」朝食のゆで卵にも蜂の絵が描いてある。ロビーで翻訳家のモーガン・ジャイルズさんと落ち合う。今から二人でマンチェスターからボーンマスという海辺の街まで、五時間弱の電車移動の予定。二人掛けが向かい合った座席に並んで座る。ジャイルズさんは柳美里さんの『JR上野駅公園口』の英訳『Tokyo Ueno Station』で英国翻訳協会新人賞を受賞なさったばかりだ。ご受賞おめでとうございます、私柳美里さん大好きです、小説もだけどご本人も素敵ですよね。「私もお会いしましたがそう思います」次はこれを訳そうとしていますとコピーを見せてくださる。あ、これ雑誌で読みました、面白かったです、でも訳すの大変そうですねと言ってすぐ、訳すのが大変じゃない作品なんてあるかと思う。長くても短くても難解でも平易でも、それぞれ困難があるだろう。斜め前に座った年配の女性がペットボトルの蓋に苦戦していたので代わりに開ける。お礼を言われどういたしましてが思い出せず無言で微笑みしばらくして You're welcome. とか My pleasure. とかだと思い出すがもう遅い。ホテルにチェックインし会場であるボーンマス芸術大学へ行く。構内に、絵を描くため自然光が入るよう設計された巻貝に似た青い建物や蔓で作ったような東屋などがある。多彩な服装髪型の若者たちの前で翻訳家のデイヴィッド・ボイドさん、ルーシー・ノースさんと話す。クリエイティブライティング科もあるとのことで、どうキャラクターの声を書きわけるか、動物が出てくるのはなぜか、翻訳について、そもそもクリエイティブライティングを学ぶことをどう思うかなど質問が出る。

2月21日（金）

朝食前にホテル近くの海岸に行った。一人サーフィンする人、熊みたいな黒犬やくりくりもくもくの親子犬を散歩させている人。粒子が細い砂に見慣れない色形の石や貝殻が落ちている。朝食後ジャイルズさんと電車で四時間弱かけシェフィールドへ行く。小雨の駅前に水の流れる大きなオブジェが横たわっている。ギャラリーで開催のイベントは翻訳や文学研究をしている吉田恭子さん（大きな金具のかっこいい靴を履いておられる）と話す。過労死や非正規、外国人研修生制度など日本の労働のことを多く話す。場所によって主たる話題が自然と変わるのが面白い。この小説に苔の分類をする人が出てきます、それが「classification of moss」と訳されるとなぜか客席から笑いが起きる。「過労死とか言うてたのに苔の分類て！」ということなのか。イベント後はロンドンへ電車で二時間、うっかり寝てしまい、駅に着く前に起こされたのにまた寝て再び揺り起こされる。

2月22日（土）

JAPAN NOW 2020 最終日、朝飯後ロビーに集合し全員参加のメインイベントが行われる大英図書館へ移動する。私は再び本谷さんと、柴田元幸さんの司会で話す。変に緊張し何を話したか覚えていない。自分の出番が終わると一気に気が楽になる。お客さんも多く、熱心で、通訳の方が英語に訳す前に、つまり日本語に反応している人も多い。夜は打ち上げでペルー料理店、柑橘で締めてある酸味のある魚や甘い柔らかいサツマイモやチキン、白とうもろこしなど食べる。柴田さんのお連れ合いである比登美さんと帰りに読む本が足りなくなりそうという話になりお互い読み終えた本を交換することになる。パブへ寄り色が濃い苦い名前をもう思い出せない美味しいビールを飲む。明日はもう帰国する。

2月23日（日）

空港売店で買った酢塩味ポテトチップを食べビール

を飲み交換した本を読む。

2月24日（月）

約十四時間のフライト後、今日は東京に一泊、青山七恵さんとご飯を食べる。

2月25日（火）

小説の打ち合わせをしてから新幹線に乗る。広島まで四時間ほぼずっと寝た。

ヤマザキマリ（漫画家・文筆家）

2月26日（水）

ネットでイタリアの新聞 Corriere della Sera を読む。感染者330名、死者11名。イタリア人の入国を禁止する国がぼちぼち出てきたらしい。夜は銀座の某イタリアンで山下達郎・竹内まりや夫妻、そしてお嬢さんのえりさんととり・みきさんの5人で食事。達郎さん、とりさんはともに2月生まれなので合同誕生会。あれこれ喋りまくって等々力の仕事場に戻ったのは22時半。お風呂の後にネットを覗くと新型コロナウィルスの影響で様々なイベントが中止になっているという情報。そういえば達郎さんも月末に予定されている小さい箱でのライブは延期になると思うと言っていた。

2月27日（木）

先日、階下に暮らすご夫婦からいただいた立派なタラバガニと毛ガニを食べに来ることになっていた3人の女友達のうちのひとりから「鼻風邪っぽい、今日はどうしたらいいだろう」という連絡。世の人々は新型コロナウィルスを巡って錯綜する情報に振り回され、疲れが見え始めている。オリンピックを何としても実施したいという政府とIOCの意地が、このような混乱を招いている要因にもなっているのだろうかと訝しむ。政府は今日、全国の小・中・高をしばらく臨時休校にすることを要請、まだ子供が小さい就労者の親は困るだろうと思うがその対応策はあるのだろうか。一つの情報からいくつもの不安が吹き出してくる。午後にはイタリアの夫から、生徒にCOVID-19の感染者が見つかったので、パドヴァでは大学を含む教育機関がすべて休校になったという報告。イタリアは日本のように遠回しではなく、石橋を叩く間も無く即決であらゆる対策が実行されていく。親戚同士や近所付合いの密なイタリアでは学校が休みになった子供達も行き場所には困らないとのこと。結局夜は鼻風邪っぽい友人を含む3人が集まり、皆でカニを貪り食う。「どんなに気を配っても、感染する時はする。だったら症状が軽くて済むように免疫力を美味しいものを食べて付けるしかない」と皆お酒ですっかり楽観的になっている。世界株安の連鎖と、トイレットペーパーが入手できなくなるという噓が横行している。

2月28日（金）

現在集英社の青年誌で連載中の漫画「オリンピア・キュクロス」の取材で明治座で三月花形歌舞伎の演目である「桜姫東文章（さくらひめあずまぶんしょう）」の稽古を見学させてもらう。3月2日から始まる予定だった舞台自体は新型コロナウィルスによるイベント自粛で10日まで休演になってしまったが、稽古は実施。出演者である中村勘九郎さんとは、かつて彼の父親である勘三郎さんと奥様の好江さんとの不思議なご縁によるお付き合いをきっかけに、時々テレビの取材などでご一緒させていただいたことがあるが、実は彼の歌舞伎の舞台を生で見るのは初めてだ。そもそも歌舞伎の稽古自体を見るのも人生初めてなのでその場にいた30人近い出演者や関係者の粋な浴衣の着こなしに視線が釘付けになる。演技指導に来ていた仁左衛門さんと玉三郎さんはどちらもシンプルな黒っぽいセーターに黒いスラックス姿。和装だろうと洋装だろうとこんなふうに品格のある着こなしができるのは、彼らが人としての圧倒的なクオリティを備えているからなのだろう。鶴屋南北の人気演目だというスキャンダラスな話を演じる勘三郎さんの息子の二人の兄弟も、歌舞伎役者としての天命を全身全霊で受け止めて、その優美でパワフルな身のこなしに夢中になる。それにしても歌舞伎を見るたび思うのは、荒唐無稽な展開でありながらも人間独特の情念がもつれあうこうした歌舞伎の演目は、古代ギリシャ人が見ても虜（とりこ）になるにちがいないということだ。そんな思いがうまく漫画に落とし込めればいいのだが。

2月29日（土）

閏年にしかない1日。今日は外出の仕事がないので朝から家で仕事をする気満々でいたが、帯を頼まれているフランス人の漫画家リアド・サトゥフさんの「未来のアラブ人」2巻を読み始めてしまい、結局午前中は何もできなかった。2巻は更に凄まじき内容。かつて1巻を読んだ息子のデルスが「両親に連れられて海外の現地校に入れられた自分の気持ちがそのまま反映された漫画」と複雑な面持ちで感想を呟いていたが、彼の経験した苦悩がこの2巻では更に実直に伝わってくる。つくづくすごい漫画だ。夕方にテレビで安倍総理大臣の会見。北海道では知事が緊急事態宣言を出した件と、PCR検査を受けたくても受けられない人がいるという案件など。イベントの規模縮小、自粛の要請。〝自粛の要請〟なんて、イタリア語ではあり得ない表現だ。そんなイタリアでは我が家の地域も含め日に日に感染者数が増大しつつある。きっと多くの人がPCR検査を受けているせいだろう。

3月1日（日）

「オリンピア・キュクロス」を描き終えて下高井戸の映画館へ。Netflix製作の映画「2人のローマ教皇」を見る。正直、数日前に何となく見に行った韓国映画「パラサイト」の何倍も面白かった。こんなご時世だからこそ、どんどん積極的に面白いものを探しにいかねばならない。というようなことを夜にイタリアの夫との電話で伝えたら「何を気楽なことを言ってるんだ、日本は対処が甘すぎる、なぜそんなにPCR検査を抑制しているんだ、そんなにオリンピックを実施したいのか」と怒ったような口調。パンデミックへの対応や国民の緊張感の温度差について延々と口論になる。PCR検査数の抑制は医療崩壊防止策なのだと伝えても、それ以外にも理由はあるはずだと納得しようとしない。不安症で少しでも体調が悪いとすぐに病院へ駆け込むイタリア人と、多少の不具合であれば耐え忍ぶ日本人とではいろいろ対処が違うんだよとこちらも口調が荒くなる。国際結婚の厄介さをこんなことで感じるとは思わなかった。

3月2日（月）

息子から友達2人と佐渡島にいるという電話あり。島には自分たち以外ほとんど誰もいないと言う。3月半ばに行く予定でいたベトナム・ホーチミン在住の農業支援団体NPO代表の伊能さんから、我々のベトナム渡航がキャンセルになったことを受けてのメール。事態が収束したら予定を仕切り直して南部ベンチェ省で頑張る農家の人たちを励ましに改めて訪ねたい。

3月3日（火）

ひな祭りであることをすっかり失念。

午後にはイタリアの夫からの電話で、看護師をしている夫の従兄弟がCOVID-19に感染して自宅隔離になったという知らせ。電話越しに感じられるイタリアでの緊張感と日本の緩さのバランスを取るのがとても難しい。午後、佐渡島から戻ってきたデルスが土産の柿の種を届けに仕事場を訪れる。「あんたイタリアに佐渡島に行ってること伝えたの」と聞くと「伝えるわけないじゃん」と即答。夕食のうどんを食べながら、ポルトガルにいた頃風邪を引いたデルスがマスクをつけて登校したら、先生から「恐ろしい疫病にかかったみたいで物騒だ」と取るように言われたことを2人で思い出す。マスクの習慣があったかなかったかでも感染者数に違いが出るのだろうか。自分のアパートへ戻るデルスに「もっと緊張感を持てよ」と声をかけると「はーい」と気楽な返事が戻ってきた。

町田　康（小説家・ミュージシャン）

3月4日（水）

午前は新潮に連載中の「漂流」という題の小説を書いた。三枚かそれくらいのことだ。たいそにゆな。えらいすんまへん。厚揚と萌やしを辛子味噌で炒め食した。文藝家協会の「ベスト・エッセイ」選考会に備えて候補作を読んだ。花紀京の動画を閲覧した。昔、気がつかなかったことがたくさんあった。身体を使ってすることは一代で終わるから美しいのか。暖冬だからか池の畔の枝垂梅と崖縁の桜が同時に咲いている。裏の貧弱な枝垂桜はまだ固い蕾である。スズキエブリイという自動車を運転して「梅園」近くのコンビニエンスストアーに行った。しょうむない饅頭や安い乾酪を買った。「梅園」にはこないだまで仰山の人が来ていたが、今日はあまり人が居らなかった。

dancyu という雑誌の記事を書くために本三冊を選んだ。宵、地蔵さんの新曲の稽古をしたり富士子さんの新曲の歌詞を拵えたりした。「君たちは美人だー／抱いててくれーおいらーを／このままいったら終わりだよ／このままいったら罪になる／わーたーしは野末の石のしたー／えいえんに／えいきゅうに。」夜は風呂に入った。何処かで漏電して給湯器の系統が使えないためその都度延長コードを引き回す。その姿アホの如し。桶に漬かって渋谷国忠「萩原朔太郎論」、二階へ上がって橋本治「双調平家物語」を読んだ。

3月5日（木）

午前中は「漂流」という題の小説を書いた。残飯を食した。「ベスト・エッセイ」の候補作を読んだ。毎日同ンなじことやっとんな。あほやな。あほやな。はっきり言うて。あほやな。ナギサコーヒー店に参り講談社の堀さんと今年に出す文庫本について話した。東京駅は人がすけないらしく、「熱海は人が多い」と言う。人の身の上にも世の中にも望ましくないことがしばしば起こる。電源延長コードの工夫をして使いやすくした。工夫をして根底の漏電に向き合わない。漏電はあってはならないことで、それに苛立って「漏電するなんておかしいじゃないかー」と喚き散らして昂奮して、鼻血を垂らしている。ばかである。一階で作詞や練習をし、二階へ上がってからは古井由吉さんの「妻隠（つまごみ）」という小説を読んだ。プロレスの動画を見た。

3月6日（金）

東京新聞に載る予定の短編小説を書いた。こんなものは一気呵成に書いた方がよいが途中で米を研いで気が抜けた。木村養鯉さんが来た。三月で水道組合が解散するので善後策を協議、一緒に庭の配線を調べてもらった。午後は洗濯をしたり、物を片付けたり、明日の荷物を作ったりした。SMに行って、ぶた肉、を買うた。韮も買うた。家に帰ってもまだ片付けをする。片付けは一生終わらない。ぶた肉、を調味して食らった。SMにては洗髪料も買うた。吉本新喜劇の動画を見た。三日のラジオ出演料の請求書を書いた。歌詞の手直しをした。直すたびに地面の底から立ち上がってくるものがある。おもろ。古井さんの「行隠れ」を途中まで読んだ。二階に上がって続きを読もうと思うたが疲弊していたので寝てまった。

3月7日（土）

南日本文学賞の選考会に出た。一時に鹿児島について午飯をよばれ、一時四十分から選考を始め、四時四十分に終了した。小説部門は出せたが詩部門は受賞作を出せなかった。選考会場の窓から桜島がよく見えた。「花は霧島煙草は国分燃えて上がるはオハラハア桜島」と歌いたくなる病。又吉栄喜さんと一緒の車でホテルに行った。入り口に消毒の機械が置いてあり、これで手を消毒した。又吉さんもした。少し休んだ後、ホテルで晩飯をよばれた。どの皿も見た感じがあまりうまくなさそうなのだが食すと激烈にうまい。貪り食らって腹が破れそうになった。浅ましいことである。九時に横になってそのまま前後不覚、朝まで起きなかった。

3月8日（日）

朝飯会場は一階。降りてコーヒーを飲み、戻って東京新聞の短編をちょっとだけ書いた。リボンを垂らしましょか。九時にホテルを出て空港に向かった。空港の売店でかるかんを眺めていたら制服を着たおばはんが濃厚な説明を始めた。それで買う気はなかったが買うてまった。かるかんなんて軽いものだ。と思っていたがそうでもなかった。二時ごろ駅に着いたら雨が降っていたので傘を買うて家に帰った。宵まで仮眠してSMにちょっと行ってまた眠った。古井さんをちょっと読んで、ドリフターズの動画を閲覧した。

3月9日（月）

東京新聞の短編小説を書き終えた。いつまでかかっとんねん。愚図か。えらいすんまへん。韮とぶた肉を調味して食した。疲弊して二階で眠った。「朔太郎全集十二巻」と藤野さんの「ピエタとトランジ」と古井さんの小説を読んだ。「双調平家物語14」も読んだ。読み屋になりたい。歌詞の一行、さまざまに探って。

3月10日（火）

酒を飲みながら読むに適した本三冊を挙げ、その理由を述べよ、と言われたのでそれを書いた。酒を飲みながら本を読むのはよい趣味かも知らんが俺はもう酒を止めている。せめて本だけは死ぬる直前まで読みたいものだ。今日は一日余のことをせず、ずうっと本を読んでこましたろう。そう思い二階に立てこもって本を読んだが、ときどきは倦んでドリフターズやプロレスの動画を見た。

佐伯一麦（小説家）

3月11日（水） 晴れのち曇り。十七夜。

朝方、寝床で強い風が吹き荒れているのを聞いていた。この数日、息を吸うとバリバリ、吐くとヒューヒューという喘鳴（ぜんめい）が入るようになっている。季節の変わり目なのと、北海道の北で発達している低気圧の影響か。少し遅く起きて居間の窓から海のほうを眺めると、海が盛り上がって光っている。その手前の防潮林が、櫛の歯が欠けたように疎らなのは九年変わらずに見てきた光景である。近くの崖の藪で鶯が啼いている。今年は例年よりも初音が早かった。朝刊で、劇作家の別役実さんの訃報を見かける。〈不条理劇を確立3日、肺炎のため死去。享年82〉二十年ほど前、新潮新人賞の選考会で数回お目にかかった縁を振り返りつつ、ご冥福を祈る。心静かに過ごすように努め、午後二時四十六分となった。サイレンのようなものは聞こえず、海のほうに向かってしばし瞑目する。新型コロナウィルスの影響で、東日本大震災の追悼式典は、中止や規模を縮小して開催されることとなった。今日はテレビをつけずに夕食を摂る。鰯の山椒煮、黒豆、納豆、根菜類のきんぴらと卯の花、麦入りご飯、新玉葱と揚げの味噌汁。日本酒二合。食後に苺、八朔。夕刻より雨となり、立待ち月は見えず。

3月12日（木） 晴れ。

寝床で鶯の啼き音を聞く。朝食後のお茶を飲んでいるところに、仙台市の沿岸部で現地再建した知人から電話がある。昨日は、一日忙しく、井土浜から閖上、花荒浜へも行った。できた慰霊塔に掃除に行ったら、花を手向ける人など何人も来てくれたとのこと。「九年経って、ちょっとは周りをゆっくり見ることができるようになりました、でも、それはそれで辛いなあ、と思うこともあります。しんみりしますねえ、やっぱり」と言い、共通の知人であるSさんの話になる。井土浜に住んでいたSさんは、夫婦とも聴覚障害者で、津波でご主人を亡くした。震災復興住宅に入居したが、昨年末に亡くなった。震災後の心労で身近でも多くの人が亡くなった。新型コロナウィルスの話題ばかりのテレビニュースを見ながら夕食。〈国内感染者674名国内死亡者19名〉〈WHOのテドロス事務局長は、「新型コロナウィルスはパンデミックといえる」と発言〉さらに、昨日、新型コロナウィルスの感染拡大を踏まえて、春の甲子園大会の中止が決定したのについて「断腸の思い」とのコメントが報道されている。先日の、学校の一斉休校に際しても首相が同じ表現を使っていたが、とても腸がちぎれるほどには見えない。牛肉のキンパ、わかめと干し海老のスープ、チョレギサラダ、韓国風ヤンニョム載せの冷奴。ビール、マッコリ。食後にデコポンの不知火。居待ち月が出たはずだが、見ずに寝てしまう。

3月13日（金） 曇り。

暖かく、気温は十六度まで上がった。海の方は春霞。喘息の発作を用心しつつ在宅していると、買い物に出かけた連れあいが帰ってきて、バスも街中も人が少なく、すれ違う人の数もまばらに感じる、マスクをしている人が半分以上となっている、と教える。夕めしは、鯛の刺身、南瓜の煮物、新玉葱とちりめん、鰹節の和え物。納豆。土鍋で炊いた白米。日本酒一合。食後はパイナップルにチーズ。赤ワイン一杯。〈NYダウ2352ドル安、過去最大の下げ幅〉この期に及んでも首相は、「新型コロナウィルスとの闘いに勝って東京五輪を成功させたい」と予定通りの開催へ準備を進める考えをあきらかにしている。もとより小生は、東京オリンピック開催には反対だった。寝る前にベランダに出てみたが、寝待ち月は雲に隠れている。

3月14日（土） 曇り、ときどき晴れ。

最高気温は、昨日よりも九度下がり七度。明け方咳き込んで目覚める。花粉対策のためにマスクをして散歩に出かける。マンサク満開。梅もほぼ満開。筍はまだ。蕗の薹がニョキニョキ出ている。このところ、様々な予定中止で再度仕切り直しの打ち合わせが続き、調子が狂うが、この状況ではやむを得ない。夜は、カレー、レンコンとネギとニンニクのオリーブオイル焼き、らっきょう。赤ワイン。食後にチーズと八朔。更待月を待ちきれずに寝に就く。

3月15日（日） 晴れ。

陽射しが眩しい。天気がいいのでシーツなども洗う。花粉が飛んでいるので外には干さず。近所では、布団のほかに洗ったマスクも並べて庭に干しているのが見える。午後、散歩に出ると、天気が好いからか歩いている人多し。夜は、二日目のカレーにツナサラダ、らっきょうにきゅうりの糠漬け。赤ワイン。食後はマンゴー。陽が落ちると急に冷え込み、知人から送られた岩塩の入浴剤入りの湯に浸かる。寝床で宵月を想う。

3月16日（月） 晴れ。

風が強くて冷たい。庭の枝垂れ桜の芽がいくぶん膨らんできたのを見遣りながら、古井由吉氏の追悼原稿を執筆する。古本屋の知人からメールがあり、二月はぱったり客が来なかったのが、なぜかこのところ客が増え始めたという。自粛に飽きたか、この状況が長引くだろうという判断だろうか。宅配を頼んでいる生協のお兄さんは、「届ける量が多くてハンパないです、皆さん出かけることが少ないから、注文されるんですね。自分が回っているところだけでも、新規で三軒の注文先が増えて。配達量が多いから時間がずれると、催促の電話が来るんです。すみません、すみませんって謝って回ってます」。寒い一日だった。夜は、解凍した鰹のたたきに薬味たっぷりと、備蓄していて賞味期限切れとなった蟹風味うどんすき。ビール、日本酒。食後は八朔と苺。宵月は見ず。

3月17日（火） 曇り。二十三夜。

原稿が一段落したので、午後から出かける。国道沿いのホームセンターまで歩き、庭の土と植木鉢などを買う。客はそこそこおり、休み中らしい子供たちの姿もある。手製マスクと思われるスヌーピーの柄のマスクをした女性とすれ違う。荷物があるので乗った帰りのタクシーの車内で咳が出て、「喘息なので」と説明する。「やっぱり咳をされると少し気になるね」と応じ、「明日から学校再開だってね」と言い継いだ運転手もマスクをしている。家に着いて板藍茶を飲む。

〈国内感染者868名、国内死亡者29名〉PCR検査数が少ないので、実態はわからず。結局、一週間月を見ずに過ごした。

角田光代（小説家）

3月18日（水） 晴れ

新型コロナウイルスの感染防止対策で、私の通うボクシング・ジムの入り口には体温チェッカーと消毒薬が置かれていて、氏名と体温を記入して入室するようになっている。練習する人もいつもより少ない。本来なら、明日からミャンマーに出張だったのだが、ミャンマー政府から集会禁止の通達が出たとのことで、イベントもできなくなり、一昨日、急遽出張は取りやめになった。ので、ネットフリックスで映画「最悪の選択」を見て寝る。

3月19日（木） 晴れ

朝に事件勃発。庭で、野良猫二匹が出くわして喧嘩になったので、とめるために外に出たところ、目にも留まらぬ速さで、私の脇を抜けてわが家の猫も外に出てしまった。十年間、玄関を開けておいたって出ようとしなかった猫なので、気を抜いていた。逃げていくノラ二匹のあとに、見なれた灰色の毛皮がダッシュしていくのを見て、呆然としながら追いかけるも、いない。震えながらさがし、近所の人の、森のような庭に入ってさがし、泣きそうになって帰ってきたら、わが家の猫は塀の上にいて、私を見るや下ろせ下ろせと鳴いている。ぶじ家に戻したが、夜になっても動悸がとまらない。この猫は、生まれてはじめて外の土を踏んだんだなあ。夜、ネットフリックスで映画「ノクターナル・アニマルズ」を見る。映画がこわすぎて、何度も何度も思い浮かぶ、走り去る灰色の毛皮と相まって、恐怖のあまりだんだんと笑えてくる。

3月20日（金） 晴れ

今日から三連休だがふつうに仕事。ところで、昨年末、ホットクックという調理具をもらった。ふだんの私は週に三、四回、多いときは六回、外での会食があるので、なかなかこの新しい調理具を使いこなせなかったのだが、このところの、出張中止、大勢での会食中止と相次ぐ中止で、自宅ごはんが多くなり、ホットクックについて学んでいる。いってみれば圧力鍋的な調理具で、肉じゃが、無水カレー、ポタージュ系などがものすごく得意らしい、ということが今のところわかった。夜、ネットフリックスで映画「グッドナイト・マミー」を見て寝る。夜もいつも家にいないので、こんなに映画を見るのもはじめてのことだ。

3月21日（土） 晴れ

十キロ走る。いつも走る公園の桜が五分咲きくらい。夕方、友人夫妻が遊びにきて飲み、食べ、飲み、笑い、飲み、なぜか最後はひとりずつ歌唱練習をすることになった。私だけ音程がとれない。ロックな友人の歌いかたがベルカント唱法。歌など人前で歌わない友人が完璧に音をとれる。深夜に散会、窓から、歌の練習をしながら帰る友人の声が聞こえる。

3月22日（日）　晴れ

朝、昨日とはべつの公園を走ると、こちらは桜がすでに七分咲きくらい。毎年、私が走る早朝から、この公園は宴会場所取りのブルーシートが敷き詰められているが、宴会禁止の今年はなし。けれどもけっこうな人出である。家で鬱々としていた人たちが、夏のような天候に誘われて出てきたのだろう。ネットフリックスで映画「１９２２」を見て寝る。

3月23日（月）　晴れ

一日仕事。夜は飲みにいく。飲み屋さんはガラガラ。本来だったら、今日は恒例の花見の日だった。近所の公園で、三十人近く集まって飲み食いするのだが、今年はなし。

3月24日（火）　晴れ

仕事をしてからジム。オリンピック延期が決まったようだ。あたりまえだろうと思うが、もうじき連載がはじまる小説は、六年ほど前から「オリンピックを題材の一部にしてほしい」というオーダーで、すでにいろいろ取材もしていたので、あんれまあという感じ。あさっての夜、友人たちと自主イベントを企画して会場もおさえ、その準備をしていたのだが、十九日に話し合って延期を決定した。なのだが、出演予定の友人たちが集ってリハーサルを行う。そのままみんなで飲みにいく。明日のことも、来週のことも、来月のことも、もう何も予想がつかない。ネットフリックスでこのあと何本映画を見ることになるのかも、わからない。みんなで飲んで歌っていた数日前がすでに昔みたいだ。今日の集まりも、きっとすぐになつかしくなるのだろう。

朝吹真理子（小説家）

3月25日（水）

朝、冷凍してあった食パンを炙って、パリの友人からもらった蜂蜜をつけて食べた。一月に東京にきて、明け方までカラオケしたときにもらったおみやげ。いま彼女はロックダウンのさなか。ダイエットを兼ねて、一日一食しか食べないと娘とふたりで決めた、と言っていた。オリンピック延期が決まったら、急に小池都知事が登場して、万全の感染症対策を政府に働きかけたいと言いだして、しらける。ひとのいない店で炒り番茶を飲んだ。アンナ・カヴァンを持って出かけたものの気もそぞろで読めず。家に帰って、友達三人でビデオ通話。Tはキックスケーターに乗りながらだったから、渋谷の路上が素早く流れるのがみえて楽しい。スーパーに行ったMは、店内が軽いパニックだと言っていた。水も売り切れたらしい。水？

なぜだ。彼女はスーパーの帰りに知人Aさんに「あ、Mさん！　ちょうどいいところに。いまちょうど政府関係者からきいたのですが、四月三日をめどに、東京大阪でロックダウンはじまるんです」とやにわに言われたらしい。Aさんは焦っていた、とのこと。

夜は、青山ブックセンターで、ドミニク・チェンさんと夫が対談収録をするということで、遊びに行く。対談をみにきていたKちゃんとおしゃべりしていると、彼女はずっとトイレットペーパーが買えていないというので、さしあげることに。都知事会見があったらしいね、と話しながら歩いていて、Yさん、Kちゃんと、そのまま宴会。来客念頭になく、家にあるかわきもの、ハム、チーズ、きゅうりなど出す。こういうときにさっと気のきいた一品出せるひとになりたいが無理。ドミニクさんはビデオで遠隔参加。私が風呂に入っているあいだに、Kちゃんたち帰る。すっぱだかでドア越しにさよならした。人と会うって楽しい。吉田秋生「河よりも長くゆるやかに」が名作だときいて、買う。三時ごろ寝る。

3月26日（木）

快晴。寝不足でだるい。最近、お薬味ばかり食べている。大葉、みょうが、しょうが。山椒。パクチー。ローズマリー。香りのある食べものにほっとする。刺激がほしいんだろうか。リュックサックを背負って、ジャムやチョコレート、良い香りのシャンプーを買いにでかける。気分は狩猟民族。スーパーの前を通ると「いまお会計まで一時間です！」と店員が叫んでいた。たいへんそう。スーパー以外は、がらがら。チョコレート屋、パン屋、お茶屋で、めぼしい甘味類を買った。お店でも、交差点でも、どこでもみんなコロナの話をしている。三月の半ばに夫とレストランで食事をしたときも、周囲のテーブル、全部コロナの話題だった。会社でコロナの話ばかりでてうんざりだと、二十代の女の子立腹。でも、コロナってどうなるのかな、と怒った後は不安になっていた。どうなるんだろうね、ほんとうに。わからん。

昼ごはん食べてないから、近所の店で、昆布のおにぎりと発泡水を買って、軒先に咲く桜をみながら立ち食いする。手指消毒はした。木蓮も、辛夷（こぶし）も、みんなきれい。夜、両親に電話をしたら、飼っている老猫忠信が嘔吐をした瞬間に電話をかけてしまったようで、どうしてこんなときにかけてくるんだと父に怒られて電話を切られる。不条理。Tから「ロンドンにいる母親のもとに、大使館関係者から電話があり、首都封鎖は四月上旬ときいた」と教えてもらう。どう思っておけばいいのだ。とりあえず信じようかな。父にラインするも無視される。母からは、どのみち家にいるので生活は変わらない、とのこと。まあそうか。それにしても政府関係者口軽くないか。

3月27日（金）

朝からお腹が痛い。大葉を買いたいけれど、今日もスーパー混んでいるようなので行かず。徳川夢声読む。夫がテレビ会議をしているそばで、昼ごはん。ふかした肉まんと、適当に洗ったレタスとトマト食べる。レタスの咀嚼音のシャキシャキが会議に入りこんでしまっているらしい。がんばって小さな音になるようつとめるが、どうやってもシャキシャキ鳴る。お腹が痛いのに、生クリームたっぷりのショートケーキを買ってきて食べてしまい、腹痛悪化。うずくまる。とにかく具合が悪いときは動かないのが吉。

3月28日（土）

花屋でめぼしをつけたオリーブの植木鉢を買いにでかけたら、休みだった。ラーメンをつくっていると、夫が、いまからプレヴェールを朗読するから聞いてほしい、といってきた。台所で、ニラ、豚肉、かぶ、を炒めている真っ最中だったので炒め物の音でほとんど聞こえなかった。部屋を汚いと思う閾値がふたりのあいだで異なっていて、私には、どう散らかっているのかがわからないのだが、夫はよく掃除をしている。私の鼻炎は夫との生活で劇的に改善している。夕方、スーパーにいくと、N95をつけている人が多かった。息がしにくいみたいで大柄の白人のおっちゃんが、鼻の下にN95をずらしたり覆ったりをくりかえしていた。

3月29日（日）

知人からラインで「四月一日にロックダウン」のメールが届く。内容がテンプレっぽく、これはいったいどういうことなのかとみつめる。そもそも「ロックダウン」という言葉、十日くらい前までつかったことな

観測者
（光が直接届く）

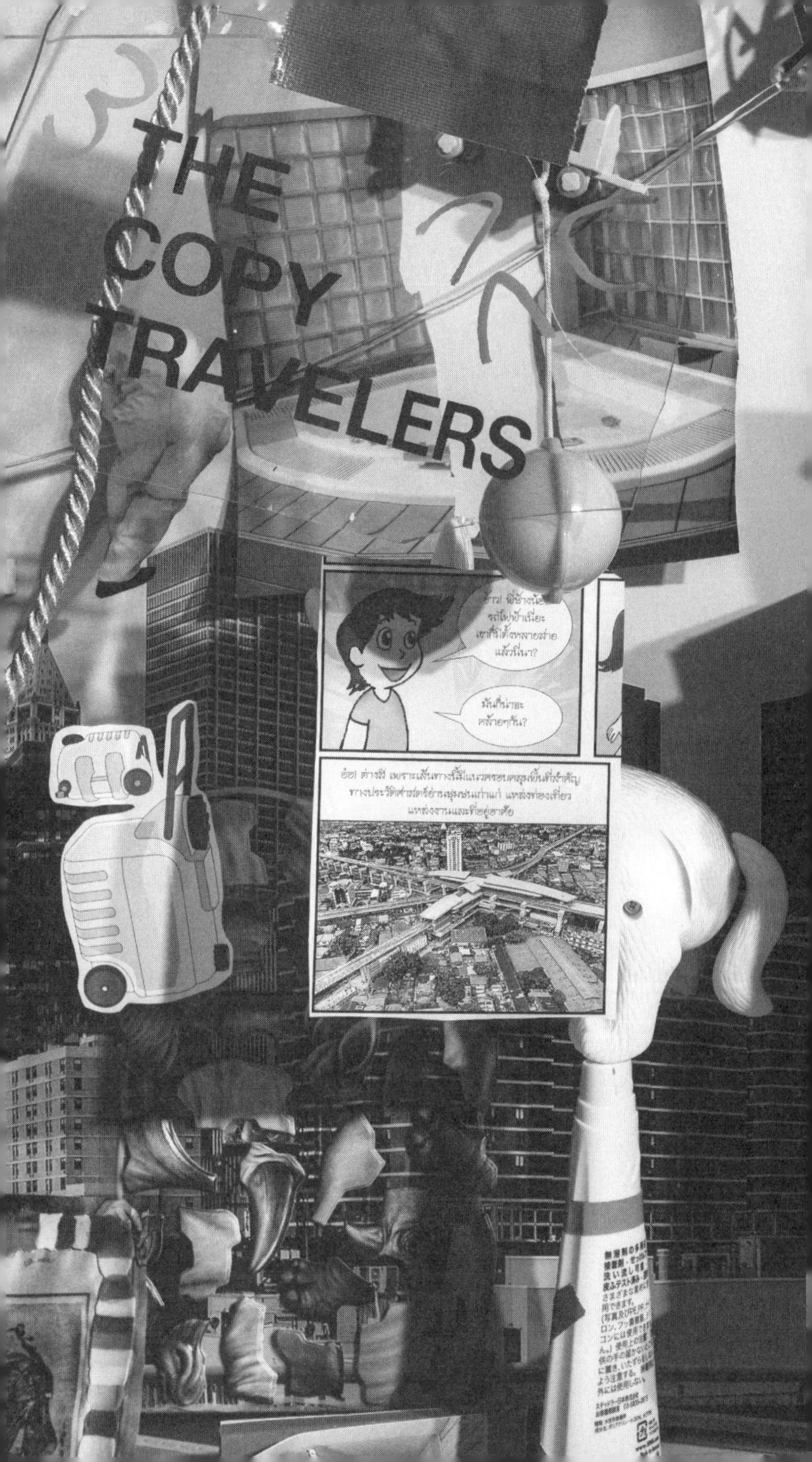
THE
COPY
TRAVELERS

かった。ちょっと調べてみると、そもそも日本の法律では、海外でおこなわれているロックダウンはできないらしい。知らなかった。今日は、雪が降っていて嬉しい。朝ごはんは、窓の前で立ち食い。斜向かいのおうちの桜が満開で、花に雪が降りかかっていた。

3月30日（月）

原稿。しょうがの甘酢漬をつくった。食べるときに、大葉とみょうがを細く切ってあえる。

3月31日（火）

花屋でオリーブの植木を買った。おにいちゃんがしゃべるときだけマスクを外してくれる。顔のみえる商売が大事だもんね。また違う人からロックダウンのテンプレメールが届いていた。花屋で、チューリップも買って家まで運ぶあいだに、一輪もげた。チューリップの茎って、やわらかいんだな。

高橋源一郎（小説家）

4月1日（水）

（昨日23時30分に寝て）1時45分に起きた。「エウレカ！」の連載原稿、6時05分に書き上げて送る。8時34分発の横須賀線に乗れず46分発に乗って武蔵小杉で乗り換え新宿へ。湘南新宿ライン、途中で何度か突然止まり、新宿に着いたらもう10時。しかも、大江戸線の駅がわからず迷う。15分遅れて、国立競技場駅に着いた。オリンピックのポスターがほぼ無人の駅構内にたくさん貼られている。待ち合わせた「ｋｏｔｏｂａ」のＴさんと歩いて新国立競技場の周りを回った。オリンピック延期になっちまったね。河出書房の一階の喫茶店、まだ食事ができないといわれたので、十年ぶりにホープ軒でチャーシューメン。二年ぶりにラーメンを食べた。河出のOさんに頼んで、7階の会議室と屋上から新国立競技場の写真を撮らせてもらう。屋上への階段、狭くて急で滑ってコワイです。途中で、今日入社式だったという新入社員の方が三人いらっしゃったので激励する。入社式も少人数でやられたそうだ。ほんとうはこの後、武田砂鉄さんと対談する予定だったが、昨夜、新型コロナウィルスに感染していることがわかったクドカンとラジオで相手をしているアナウンサーの方が武田さんのお相手もしている、ということで、急きょ中止。なので、そのままタクシーで新宿駅、また湘南新宿ラインで鎌倉に戻った。メールを調べたら、4日から始まる予定だったケラリーノ・サンドロヴィッチ演出のチエホフ『桜の園』（大竹しのぶ、宮沢りえ等々）、12日までの分は中止との連絡が入っていた。4日に予約していたのだったが……。残念。電車で途中まで読んでいた『博論日記』（ティファンヌ・リヴィエール著　中條千晴訳　花伝社）を最後まで読んで帯文を書いて送り、これも途中まで読んでいた『ワイルドサイドをほっつき歩け──ハマータウンのおっさんたち』（ブレイディみかこ　筑摩書房）の続きを読んで、帯文を書いて送った。どちらもメチャ面白かったのでうれしかったです。『博論日記』のヒロインで、カフカをテーマにしてなかなか完成しない博論を書きつづけるジャンヌと、失われ行くパブにたむろする「戦う労働者の末裔」の「ハマータウンのおっさんたち」と、意外に話が合うんじゃないかなあ。それから、集英社ウエブの「読むダイエット」のゲラを戻した。次男の学校から、新学期が19日（日曜！）からと連絡。長男が新入生として入る高校も20日からと連絡。ただし、どちらも流動的。矢作俊彦から電話。そして、読書。『南洋通信　増補新版』（中島敦　中公文庫）が面白すぎる。23時頃、ウエブ花椿の原稿が締め切りだったことを突然思い出して書いて送った。そして再び中島敦を読む。24時になっても読み終わらず。とりあえず、全部読んでから寝る予定。

4月2日（木）

（3時15分）『南洋通信』読了。寝酒して4時頃就寝。8時30分起床。歯磨きして顔を洗い歩いて仕事場から自宅へ（2300歩）。風呂入って着替えして、家族全員（4人）で、横須賀へ。横須賀駅前のカレー屋「ニューデリシャス」でカレー。やはり美味い。この後、タクシーで横須賀中央駅前の本屋で、長男の教科書一式を買う。長男、「重い……重すぎる」と呻く。そのまま帰宅。家に来ていたアマゾンの宅配、『グレート・インフルエンザ』（ジョン・バリー　平澤正夫訳　共同通信社）、『白の闇』（ジョゼ・サラマーゴ　雨沢泰訳　河出文庫）、『歌劇ラクメ全3幕　ピエール・ロティ「ロティの結婚」原作翻訳付きオペラ対訳台本シリーズ・16』（サウンド・バンク）、『美と共同体と東大闘争――三島由紀夫VS.東大全共闘』（角川文庫）、そして、別送で来たDVD『マイルス・デイヴィス・ライヴ・イン・ミュンヘン』（これは韓国版、日本版は手に入らず）を持って仕事場に戻る。「毎日新聞」の「人生相談」を書いて送ったところで、午後4時。それから、サンスポに土曜日の競馬の予想を書き、明日の「飛ぶ教室」の準備に入る。

4月3日（金）

（午前3時30分就寝）。8時30分起床。11時、銀行へ行って支払いして、鎌倉駅の二階のレクセルで「パワーサラダ」。17時過ぎ、家に戻って風呂に入る。アマゾンから届いていた『中国史』（上・下　宮崎市定　岩波文庫）、『支那論』（内藤湖南　文春学藝ライブラリー）、『南海千一夜物語』（スティーヴンスン　中村徳三郎訳　岩波文庫）、『マーカイム・壜の小鬼　他五篇』（スティーヴンソン　高松雄一・禎子訳　岩波文庫）、『マレーの感傷　金子光晴初期紀行拾遺』（中公文庫）、『日本を愛した植民地』（荒井利子　新潮新書）を持って仕事場にいったん戻り、それから渋谷に出発。20時頃ＮＨＫ。13階のラジオブースで新番組「飛ぶ教室」の一回目、21時05分から。「新型コロナ」のせいで、放送ブースの席、離される。アナウンサーの小野文恵さんとの間、3メートルぐらいあるんじゃないでしょうか。ブース内のフロアディレクターもやはり3メートルぐらい離れて、思わず大声になったが、マイクがあるのでその必要はありませんでした。番組の前半で植草甚一さんの本の紹介。「悪いおじさん」の必要性について話し、後半は、番組のテーマ曲を作っていただいた菊地成孔さんとお話。さすが、菊地さん。最後に、都知事批判をぶって、番組スタッフを慌てさせた。

4月4日（土）

1時過ぎ、ラインで長男から「お帰り」と連絡。いまアニメを見ているとのこと、終わったら寝るようにね、とラインして（午前2時就寝）。8時起床。読書。11時に「コバカバ」で妻と待ち合わせて朝食兼昼食を食べる。なんと、しばらく客はぼくらだけで、貸し切り状態。人気の店なのに、例のない経験。妻と「市場」→「東急」と移動して買い物、家に戻り、風呂に入り着替えして、仕事場へＵターン。19時頃、レンウーバーとシンウーバー（すいません、長男と次男が家から仕事場まで歩いて宅配してくれるのです）が夜食と本を届けてくれた。ありがと。『ピエール・ロチ伝』（アラン・ケラ＝ヴィレジェ　遠藤文彦訳　水声社）、『政治と文学の辺境』（橋川文三　冬樹社）、『経済政策で人は死ぬか？　公衆衛生学から見た不況対策』（デヴィッド・スタックラー＆サンジェイ・バス　橘明美・臼井美子訳　草思社）、『トゥシタ―ラ　物語る人』（よしだみどり　毎日新聞社）、『中国近世史』（内藤湖南　岩波文庫）、『ナショナリズム　その神話と論理』（橋川文三　ちくま学芸文庫）。ＮＨＫ出版の書き下ろしに着手。

4月5日（日）

朝食は鎌倉駅レクセル。昼頃、「イワタコーヒー」の前を通ったら、客がゼロ。いつも、列ができるほどだが、鎌倉に住んで初めての光景。18時過ぎ、自宅へ戻り夕食。風呂に入って19時30分に仕事場へ。ずっと書き下ろし。

4月6日（月）

朝食は鎌倉駅レクセル。昼に自宅に戻って、風呂、本を持って仕事場へ。14時、読売新聞の鵜飼さんの取材。「緊急事態宣言」近々出るとニュース。夕方、れんちゃんが入学した高校から、入学式が最終的に中止になったと連絡。一日、NHK出版の書き下ろし。

4月7日（火）

9時起床。11時、「アカリダイニング」で朝食兼昼食。ここも人気の店なのに、貸し切り状態。家に戻る途中、「飛ぶ教室」のスタッフから連絡。なんと、金曜日の放送からスカイプを使って、自宅からやるようにとのこと。長男のれんちゃんに訊くと、スカイプのID持っているというので、さっそく、れんちゃんのパソコンと、スタッフのMさんのとをつないでみる。うまくできました。次回の「飛ぶ教室」から、仕事場の「仮設スタジオ」から放送する。そんなことになるとは。

石原慎太郎（小説家）

4月8日（水）

コロナウィルスの蔓延で、昨夕、緊急事態宣言が発せられた。地球と人類の終末を予感させるこの事態の到来は、物書きとしての人間に稀有なる体験を強いてくれる。

私は改めて三十年前に東京で聞いたあの天才宇宙学者ホーキングの予言を思い出す。この地球のような文明を備えた天体は宇宙に他に二百万ほどあるが、それらの星は自然の循環が狂い宇宙時間では瞬間的に消滅すると。そしてその瞬間とはおよそ百年間だと。あれから既に三十年、温暖化は切りなく進み、そして今未知のウィルスが人間の生命を奪い出した。

4月9日（木）

テレビは連日人気の無くなった繁華街の映像を写しだす。ゴーストタウンとなった町の映像は不気味というよりも妙にすがすがしい。それは荒廃を超えて最早『死滅』を暗示してもいる。行政の当事者は次ぎ次ぎに姑息な案を打ち出し国民に強いるが何の役にも立たず死者は増えるのみだ。目には見えぬ新しい敵に報道はこの所連日全てコロナ被害の実態ばかり。人はもはや恐怖に慣れて弛緩しつつあるが、この現実への確かな認識は当人が感染して死ぬ瞬間にしか獲得出来ぬに違いない。

恐怖に慣れるということこそが唯一の救済というのは果たして神の恩恵なのだろうか。恐怖の沈静の目安が一向に見えぬという事態は試練としては厳し過ぎようが、これは一体何のための試練だろうか。新しい人類の敵に対抗出来るワクチンは年を越さなければ出来上がらぬというが。人間が編みだした姑息な文明や技術はその浅さを露呈したといえそうだ。物書きとしての好奇心からすれば絶好の立場に立たされているともいえようが私自身が消滅するならばそれも無意味な事だろうに。

4月10日（金）

かつて地球そのものの大異変で絶滅した巨竜たちはその化石の他結局何も言い残しは出来なかったが、私が今残すべき遺言とはどうあるべきなのだろうか。

4月11日（土）

雑誌「WiLL」での亀井静香と定例の対談で彼は社

員二千人を抱える会社ＪＳＳの会長としての見地でコロナウィルス問題を概嘆していたが、私はこの人類の滅亡を予感させる未曾有の事態に立ち合っている物書きとしての好奇心を超えた感慨を披瀝しない訳にはいかなかった。これは私の想像力を超えた、まがい無い巨きな現実の到来であり、いかなる想像力をもってしても事の結論に至らぬ人間たちの悲劇に他ならない。

　四十六年前ブラックホールの消滅を発見した天才的な宇宙学者ホーキングの講演の時私の質問に答えて彼は地球のように悪しき文明の進んだ惑星は自然の循環が狂って宇宙時間では瞬間的な僅か百年で消滅すると言ったものだが、今の疫病の蔓延がその表示でないことを願うしかあるまいに。

4月12日（日）

　やむを得ぬ所用で都心に出かけ二つのホテルで会合を重ねた。部屋に入る時、出る時に手を洗いうがいもして車に乗って帰宅の途中にも車に備えてあるアルコールで手を消毒したが不安が消えるものでありはしない。このいまいましさを何に例えるべきものか。人知を尽くしても太刀打ちできぬ物の存在をこの現代で身にしみて覚らされる皮肉な現実を与えた者は人間たちに存在を与え許した神なるものなのだろうか。

　ならばその意図は何なのか。警告か、それとも天罰か。

　人間にとって最後の『未知』と『未来』なる『死』について突然間近に予感させる状況を与えた意図は何なのだろうか。人間たちの傲りへの罰か、それとも警告ですむのだろうか？

　日毎に死者が世界中に蔓延し、行政の当事者たちが姑息な抵抗を繰り返している目に見えぬ敵は、刻一刻確かに世界を浸食している。無為のままにそれを眺めながら巨きな破局を待ち受けている今の心境のままに、昔この国を半ば滅ぼした戦の破局の頃を思い出す。日毎に繰り返される空襲の敵の爆撃機Ｂ29がこの国を焼き尽くした後、味方の高射砲や迎撃の戦闘機の及ばぬ高度の成層圏を白く鮮やかな飛行機雲を引いて悠々と飛び去るのを歯がみして見上げ見送ったあの時の感慨を不思議に思い出すのだが。神国を自称した日本は滅び私たちは生き残りはしたが、今また手のとどかぬ敵に襲われほとんど無為の内に滅びようとしているのだろうか。

4月13日（月）

新著『老いてこそ生き甲斐』の著者インタビューの申し込みが四口ほどあるが時節柄遠慮して直接の面談を避けたいということだ。事ほど左様に誰しもヒステリックになっているが、政府はさしたる論拠もなしにごく先の五月の大連休を目途に疫病の沈静を云々しているが、それを実証する何のアテも見当たらない。疫病の拡大に平行して経済の沈下は進み、中小企業の倒産、即ち企業の死亡は拡大し自粛と言う名目での自殺を強いられる零細企業は無残な体たらくとなりおおせ、雇用から外される者たちは実質の死を強いられている。

人間の社会は人と人の出会いで運用されるのにそれを封じられた現実は社会の麻痺崩壊を意味しているのではなかろうか。

4月14日（火）

この一週間続いた悪夢は未だに醒める気配もなく続いている。いずれにせよ人間の存在をはるかに凌ぐ神仏の絶対的な力は、それ故に人間を引きつけ信仰の力を誘い出し、人々を救済するのだろうが、しかしそれに安易に依存して信仰に溺れて日常の人間としての節制を怠っては元も子もありはしまい。苦しい時の神頼みとは言うが、今なす術もなく限りある人知に委ねて有効なワクチンの誕生到来を待ちわびるしか術もないこの状況の中で、人間たちは己の知恵の所産たる文明と技術の本質的な限界を自覚し我々が本来希求し獲得しなくてはならなかったものが何であるべきだったかを知覚し直さなくてはならないのかも知れない。それは我々が己の英知の所産として自惚れていた文明への改めての懐疑と反省に他なるまい。

この新しい疫病の氾濫の恐怖こそ天の警告として真の文明批判への手掛かりになるべきに違いない。

植本一子（写真家・エッセイスト）

4月15日（水） 晴れ

体が動かしたくなり、下の娘を誘って近所の公園まで。二人でマスクをしてなわとび。予想はしていたが、結構人がいる。久しぶりのなわとびは1分と続かない。20分ほど公園で過ごしてから家に戻り、YouTubeでラジオ体操第一をした。このくらいがちょうどいいが、運動不足なのは間違いない。みんなどうしてるんだろう。

夕飯、サバの灰干しを焼いたのに、ひじき、ポテトサラダ、白ごはん。食後に原稿書き。写真の仕事は一切なくなったが、エッセイやアンケートの仕事がいくつか舞い込んできた。やることもないので依頼があったらすぐに取り掛かっている。しかし、いつまで撮影が出来ないのかもわからないので、自分でお金を生み出す別の働き方を編み出さないとなー、とぼんやり考える。

4月16日（木） 曇り

午後、3時間昼寝。「夜と霧」を読み始めたら、半分ほど進んだところで眠くなってしまった。お店が閉まっているので、仕方なくメルカリで買った石田さんに供える線香が届く。夕方、近所のスーパーで半額のいちごを2パックゲット。通っているスーパーにもいくつかタイプがあり、ここはソーシャルディスタンスが徹底されていないので、レジは後ろの人がぎゅうぎゅうに詰めてきてストレス。店内も狭いし仕方ないかもしれないが、狭いからこそすぐに回れることもあり、サッと買うならここにしている。

毎日特に代わり映えしないというか、緊張感はあるが普通の日々が続いている。

4月17日（金） 晴れ

荷物届きまくる。友人の出産祝いを楽天で買ったもの、広島の親戚のおばちゃんから精肉の贈り物、半年前の展示会で注文した春夏のブラウス着払い。運送業者の人は大忙しだろう。クロネコヤマトがインターホン越しに「ドア前に置いてください」と伝えれば非対面で受け取れる取り組みを始めたので、うちもそれでお願いしている。夕方、安倍の会見があったが見る気になれず。というかテレビを見るのもしんどくなってきた。Twitter は尚更しんどい。2月末、一斉休校をすると言い出した時から、これはまずい、と新聞をとるようになった。

4月18日（土） 雨

日中、強風と雨で嵐のよう。今日は仕事休みのミツが、昼食に汁ビーフンを作ってくれる。くる日もくる日も延々食事を作り続けていたので、誰かが作ってくれるご飯を食べられるだけで嬉しい。気分が乗ったようでチーズケーキまで作り始めたが、工程が面倒だったのか機嫌を損ねたようで「お菓子作りって面白くない」と言う。晴れ間が出た夕方、下の娘と家から100メートル先にあるポストまで散歩。コンビニに入ろうと思ったが、店内に人が多かったのでやめておく。雨上がりの空がきれい。

4月19日（日） 晴れ

上の娘と一緒に駅前の文具屋まで、来たるべき新学期のためのノートを買いに行く。学校も2月末からまるまる2ヶ月休校だが、5月7日に自粛要請が明けたら、本当に再開できるのだろうか。たまに一人になりたいと思うが、娘たちが家にいることにもすっかり慣れた。外に出たついでに二人で散歩。桜もすっかり散ってしまい、初夏さながらのいい天気。それでも気分は晴れない。

夜、初めてのZoom飲み会。2年前、世界中に散らばるフェルメールの絵画を全て撮影して一冊にまとめる、という異例の企画を共にしたおじさん3人と。もうずいぶん昔のように感じる。石田さんが亡くなって2ヶ月後の出発で、大変なこともいろいろあったけれど、本当に楽しかった。おじさん3人は今でも大切な同志。「またみんなでどこか行こうよ」とモニター越しに励まし合った。

4月20日（月） 雨のち曇り

天気が悪いせいか、日中4時間も昼寝。夜、広島の親戚のおばちゃんが送ってくれた広島牛のステーキを焼く。買い物に行ってないので、冷蔵庫にあるもので炊き込みご飯、新玉葱のサラダ、味噌汁。夜、ミツと駅向こうにあるローソンまでメルカリを出しに行くついでに散歩。ガールズバーの呼び込みの女の子が、マスクもしないでガラガラの駅前に一人寂しく立っていた。

4月21日（火） 曇り

10時起床。ミツは会社へ。リモートワークしつつも、週に1、2度は会社まで行かなければいけないらしい。電車でも会社でも、物にはあまり触れないように、かなり慎重になっていると言う。家に帰ってきたらすぐに着替えていた。ミツと二人の娘以外の人間に、もう随分会ってない。人に会わないってこんなに気楽で、こんなに寂しいものなのかと、いつ終わるかもわからないこの状況に、途方もない気持ちになる。

内沼晋太郎（ブック・コーディネイター）

4月22日（水）

机には向かっていた。けれどZoomでの予定は忘れがちで、今朝も店長会に入るのが遅れた。予定はこれまで常に移動とセットだったのだと気づく。机から動かない日々が続く限り、きっとまた忘れる。その後の作業や会議は予定通り。

夜に備えて、北島勲『手紙社のイベントのつくり方』を再読。タイトル通りの内容がすべて開陳されている。このまま真似できるが、だれも真似しないし、真似しても追いつけない。

今夜の本屋B＆Bのイベントは、初めてのフルリモート。配信イベントはこれまでもやってきたが、今回はそれぞれ自宅からつなぐので、B＆Bは配信会場でさえない。この形で、それでもB＆Bが主催することの価値や意味を見つけられれば、本屋が続けられる道になる。

北島さんとは数回お会いしただけだが、たくさんのことを学んだし、話して気持ちがよい人で、勝手に慕っている。ぼくはチームを強くするのは自分の指導とか手腕とかいうようなものではないと思っているところがあって、自発性にこそ働くことの豊かさがあると信じてきたが、このような事態においてその弱さが苦しくなっているのかもしれない。

4月23日（木）

八時過ぎに起床して東京へ、車で三時間。武田砂鉄さんの「ACTION」を聴く。一二時半頃着。ANDONでおにぎりと味噌汁。店主の武田昌大くんは上階に住んでいるので店を開け続けていられる。松井くんから印鑑を受け取る。銀行の人に休業中の店を案内する。出勤しているスタッフと話す。

一五時過ぎにはまた車に乗り、帰りは一件打ち合わせと「アフター6ジャンクション」。車中は、リモート会議とラジオが定番となってきた。あとはたまに歌う。

寺島さんが、いまこのB&Bという店が存在し、そこで働くことの価値についてほかのスタッフに向けて語ってくれたことに、文字通りただ救われていた。暗い気持ちになりがちな車中で、何度か思い出していた。

保育園にいよいよ預けられなくなるかもしれない。慣れない往復六時間の運転に疲れて、早めに就寝。

4月24日（金）

朝から会議が続く。「ミニシアター・エイド」に倣って、全国の書店・古書店を対象としたクラウドファンディング「ブックストア・エイド」を立ち上げると決めたのは一七日。それから一週間、参加書店と賛同人を募る最初の告知文を編集者の武田俊くんが書いてくれて、Google ドキュメント上にみなで集まってリアルタイムで提案と修正を繰り返す。あちこち動く画面は「現場」という感じがする。note が公開されたのでツイート、そのまま日記屋 月日に関する週刊文春の取材。休業している店の、やれているはずだったことについて語るのは、やはり少ししんどい。

夜は小倉ヒラクくんの声がけで、彼の「発酵文化チャンネル」にて本屋の話。この一ヶ月やってきたこと、ブックストア・エイドの話をする。阿久津さんが、この事態を「考えるチャンス」みたいに捉えられるのは一部の人だけだ、というようなことを言い、頷く。もちろん自分はそちら側にいて、だからこそやれることをやる。

4月25日（土）

午前、デジタルリトルプレスをひとつアップして販売開始。「アフター6ジャンクション」からありがたい出演依頼。先日車中で、まさしくブックストア・エイドの話ができたらと思って聞いていたコーナー。午後もひたすら仕事。少しだけ散歩。夜はブックストア・エイドの会議。やる気に満ちている。喉に違和感があり、飴をなめながら寝る。

4月26日（日）

喉の痛み。けれど机に向かうのに支障はない。ひたすらブックストア・エイド。メインビジュアルを惣田紗希さんに依頼、書店向けの文章たたき台、条件の変更、ほかいろいろな依頼とやりとり、数字のシミュレーション。楽しい。けれど後半になるにつれて体調は悪化していった、とりあえず送れるものを送って、二一時台に寝た。

夜中、起きてトイレに行くと震えが止まらない。来たのか、と思った。熱を測ったら36・3度しかなくて、体感とはだいぶ違っていた。寒いのでフリースを着て寝ると、次に起きたときは汗をかいていた。着替えて寝る。何度か起きる。

4月27日（月）

八時台に起きて、ベッドの中でしばらくSlackに返事して、九時に下に降りても誰もいなくて、九時半くらいまでぼんやりしていた。電話して、まだ買い物に時間がかかりそうとのことだったので、ひとりで朝食を食べた、一〇時過ぎに帰ってきた妻に病状を報告。ごめん、と思った。家にいるのにいないような日々、子育てを任せきりにしているのに、さらに心配事を持ち込んでしまった。

一五時、J-WAVEの収録。直前まで忘れていた。月日の話。二〇時からブックストア・エイドの会議、二二時過ぎまで。二三時過ぎまで月日のメルマガ作業。二四時過ぎ、少し遅れて送信。

4月28日（火）

八時前後に起きると、昼夜逆転しているという花田さんによって、作業がだいぶ進められている。ありがたい。一二時半くらいまでひたすら続きをやる。体調が悪いことも忘れる。途中で福永信さんのデジタルリトルプレスの表紙のデザイン。またひたすらブックストア・エイド。机から離れていない。三〇日からはじまる。

金井美恵子（小説家）

4月29日（水）「昭和の日」

去年の今頃は目白通りの商店街（目白銀座と称している）の店々に、新元号の令和と天皇皇后の即位を祝う貼り紙が貼られていたが、今年は新型コロナウイルス拡大防止のために店を臨時休業する、という貼り紙が貼られている。休業していないケーキ屋には行列が出来ている（コロナ前もだったが）。営業を続けているパチンコ屋と客の行列に、様々な批判というか批難が集中しているが、パチンコの依存症を批判するわけではなく、非常事態下に不謹慎だし、多数の人間が密室に密集して危険ということらしい。横並びで機械に向って黙々と玉をうつのは「新しい生活様式」にぴったりではないか。ところで砂糖と油脂類の過剰摂取にも依存症があるというのも通説。コロナ下の日々、甘党善男善女の行列である。

4月30日（木）

午前中、6月号から連載のはじまる「ちくま」のエッセイのゲラを見て、ファクス返送。

去年の十一月、急に発症したとしか思えなかった慢性硬膜下血腫で三月はじめまで近くの都立病院に通院していたので、思いついて病状日誌（病床という程ではなかったのだ）を書いてみたが、来る日も来る日も右半身の腕・胸・腰・脚に午前中か夕方、突然、痺れがおきて気持が悪いだけなので、とりたてて感想もなく、十二月の末には退屈してやめてしまった。何日か前、NHK・BSのプレミアム映画劇場でH・ホークスの『エル・ドラド』('66)をやっていたので久しぶりに見て、銃弾が腰骨に当ったままのジョン・ウェインの腕と腰が痺れる(この場合は激痛も)のを見て、同じ場所だったのね、と無意味に感激。午後は知人から借りたジョン・フォード『荒野の女たち』('65)を見る。

5月1日(金)「メーデー」

テレビのニュースで早稲田の商店街の食堂の店主が、大学がロックアウトになり学生客が激減し、開店以来の経営危機と語っていた。校門に「学内への立入り禁止」という看板があったが、大学がバリケード封鎖に対抗したわけでもないのだから、ロックアウトはないだろう。コロナ禍、いろいろと経済的に大変だから、学費を半額にしてくださいと、慎しく学生諸君が大学に要望する時代である。なぜ、無料にしろとは言わないのだろう。小池都知事が、オリンピック延期決定後に指導者顔で口走っていたロックダウンという言葉に店主はつい反応して思い出したのだろう。

5月2日(土)

送られて来る雑誌類に眼を通す。「波」と「図書」に(書き手は、もち、別)、小津安二郎の『麦秋』('51)に原節子と二本柳寛が北鎌倉のホームで『チボー家の人々』について交わす会話を引用している文章があった。何年か前、同じ映画について、美術批評家が、嫁き遅れの娘の家族たちの心配ばなしと思われがちだが、実は戦地から復員してこない兄のはなしで、タイトルは兄の愛読書だった火野葦平『麦と兵隊』から来ていると書いていたのを思い出した。原の兄の戦地からの手紙に麦の穂が入っていて(たしか)二本柳寛が丁度『麦と兵隊』を読んでいた時だった、という会話はあったが、『麦秋』はラストの大和の麦畑が不思議な移動カメラによって異様なボリュームをもって迫ってくるシーンに強く心を動かされる映画でもある。しかし、「本」を書いたり作ったりする人々は、映画の中で「本」を読むシーンではなく、「本」について語られるシーンにこそ心を動かされるようだ。
　ところで、小津は火野の兵隊ものの一つ『土と兵隊』を読んで、軍隊はこんなきれいごとではすまない、これでは少年小説だと怒っていた、と蓮實重彥が言っていた、と引用しようとして、キャメラマンの厚田雄春へのインタビュー『小津安二郎物語』を探したために、スライド式本棚の棚板に頭をぶつける事態を避けるべく自転車用ヘルメット（子供用の）を被るのだが、これは慢性硬膜下血腫の原因が、まさしく本棚の棚板に頭を強くぶつけたのが原因だったからである。

5月3日（日）「憲法記念日」

　昨日の新聞の読者欄の投稿イラストは、昔の少年雑誌の表紙挿絵を思い出させるタッチ（下手だけど）のマスクをした少年と少女（それとも母親？）の顔に「負けません」という言葉。戦争中のポスターと標語みたい。すぐその気になって乗りおくれまいというのがあさましい。「外出自粛」や「自粛要請」という言葉が行きかうが、昭和天皇の病気と葬儀の時期に流行った時初めてこの言葉を知ったのだが、自縮と書くのかと思っていた。店じまいした古本屋で買った飯島友治編『古典落語』を読んでいたら「落語家は、戦前、国家非常時に際して「自粛だ、自粛だ」とばかり禁演落語五十三種をでっち上げたほど謙虚な（？）連中」とある。収録されている「金玉医者」もロコツだというので題名を変えたそうである。二日の新聞には専門家会議が「新しい生活様式を身につける」ことを要請だか提案だか、なにしろ、えらそうに告げたとあった。片桐ユズルの「専門家は保守的だ」というタイトルの詩があり、内容は忘れているが、このタイトルは日々新しく生き抜いている、と実感。

5月4日（月）「みどりの日」

「新しい生活様式を身につける」という言い方で思い出したのが、'12年の熊本・大分豪雨の時に気象庁が発表した「これまでに経験したことのないような大雨」という主体が誰なのかわからない、詩的な「短文による注意情報」である。この新聞記事はフローベール『紋切型辞典』の洪水や暴風雨のあとで古老の言うのを聞けば、いつもきまって「あんなのは見はじめじゃ」というページにはさんで取っておいたのだ。専門家は保守的である以上に言葉に対して愚鈍と言うべきだろう。安倍首相、全都道府県対象の緊急事態宣言を31日まで延長すると表明。

5月5日（火）「こどもの日」

燃えるゴミの日にまとめて出すべく雑誌を調べていたら詩の同人誌に「大変な非常時となり、時代の大きな変わり目、文学の想像力や詩の言葉がますます求められる状況と心得、云々。」という後がきが目に入る。九年前にもいろいろなメディアで何度も何度も目にした言葉である。で、何が変った？

山城むつみ（批評家）

5月6日（水）

夜中二時に変な揺れ。しばらく不眠。十二時起き。雨はやんでた。緊急事態宣言から今日でちょうど一ヶ月。今日も、来週から始まる遠隔授業の準備。アプリケーションの設定、皆目わからず。システム課に問い合わせるが、連休中で電話不通。めんどうだが、文書で問い合わせたら返事あり。明日、電話されたたし、と。夕方、また雨が降り始めた。雷も鳴っている。昨日と打って変わって気温低く足冷える。

5月7日（木）

九時起き。風強いが、湿度低くここちよい晴。遠隔授業の仕込み。ディスプレイの文字時々かすむ。十時すぎに電話する。不通。ＩＮＡの『牛乳配達ＤＩＡＲＹ』を読んで気分換える。労働上での人と人との関係のみで構成されている。作者にそのつもりなかろうが、二一世紀のプロレタリア芸術はかようなものか、と。十一時過ぎ電話が通じ、問題解決。昼食後、一時間ほど牛乳店まで散歩。０・９リットル瓶を一本買う。雑木林抜けて帰る途中、ギンランかもしれぬ野草を一輪だけ発見。キンランは以前から林の中のあちらこちらに咲いているのを見つけていたが、この一輪はギンラン？　シマホに寄り、帰宅後、電話機を新品に換え、洗面所の蛍光灯を換える。いくつも障害が解消してすがすがし。今日は満月、油断は禁物。

5月8日（金）

九時起き。ここちよく晴。風なく湿度なく。「証拠は大量にあるが、確信はない」というポンペオの言い方が気になり調べる。We don't have certainty であり、And there is significant evidence であり、Those statements can both be true だった。確信はないが、証拠はしっかりあるから中国を批判し攻撃していいんだというニュアンス？　逆に、証明可能でないが、真理であるものは必ず存在する。政治はつねにこの一匹を捨象して判断する。昼食後、一時間ほど散歩。横田創「わたしの娘」は、何度読んでもこわい。帰宅後はずっと遠隔授業の仕込み。

5月9日（土）

六時前起き。晴。朝食前に遠隔授業の仕込みの続き。午後四時過ぎ一段落。気がついたら曇ってる。小寒い。今日は一日外に出ていないので、降り出す前に散歩。林には入らぬ。坂道の崖のところのあの一輪を確認しに行った。あれはやはりギンランだろう。キンランと似た濃い縦縞の脈が葉に走っていた。帰宅後、横になったら、知らぬ間に寝ていた。仕事片付くまでと我慢してた、横田創の新作「きらきらしてる」よみ「群像」の斎藤幸平の論説よむ。たしかに、これまでは入って来ようがなかった私生活の隅々まで資本が入り込み、生活のどこからどこまでが賃労働なのかわからなくなっている。ここで「リモート・ワーク」に順応したことが半年後、一年後にどういう意味を持っているか。いったん生活の襞にまで入り込んだ資本は、かりにコロナが退いても、そう簡単に抜けてゆかぬだろう。むしろ、一時的に停滞していた分、これを機にこれまでは不可能だったミクロのレベルで労働から血を吸い上げるはず。ウィルスより恐。

5月10日（日）

七時起き。くもり。横田の新作よみ返す。ＬＩＮＥやらぬが、わかる。応答していても、三時間経ってからでは対話の間合いがちがって来る。間合いというものがそもそもない。既読付いているのに何も言わない沈黙は不穏。沈黙に耐えられる関係かどうかという問い自体がすでに成立しない関係の不穏さ？　明日から授業が始まる。全担当科目の全履修者に授業連絡を発信。昼食少し遅くなる。午後は気温あがるも少しむす。隣町まで散歩し本屋に寄る。斎藤潤一郎『死都調布南米紀行』買う。母の日ゆえ義母に柏餅買う。つぶとこしとみそに Shit Chofu。夕方、遠隔授業の教材作成。大学のシステム、ログインしにくくなってる。Teams で倉数さんもそのこと連絡して来た。午後十一時すぎ、まだ不通。

5月11日（月）

八時起き。くもった晴。あつくなりそう。今日から遠隔で授業が始まるが、システムがダウンしている。午前中いっぱい翻弄される。昼食時、本当に気温高くなってることにようやく気づく。午後にシステム復旧。レポートちらほら上がって来た。評価して返す。

最高気温は二九度あったらしいが、風が出て来た。散歩をかねて、スウ（近所の鈴木くん）のところにラタトゥイユとキーマカレーと生活クラブのナン、それとブリ大根を家族四人で届ける。誕生祝い。三輪さん、Teamsの授業うまくいったと。システム障害は早稲田でも明治でもあったとテレビでニュース。今日は授業開始日ゆえ、仕方ないとしても、読むこと書くことの方、最近まともにやれておらず。Wi-Fiで接続した瞬間から、何時から何時までとか、ここではこれ、そこではこれという時空を切り分けた仕事の仕方ができなくなる。生活の中で労働が二十四時間、霜降り肉状態。今度の事態でどれだけの人が労働から離れているのか、逆に、どういう業種のどれだけの人が就労を強いられているのか、ここ半年ほどの、世界での、日本での、東京での、地方での推移を定量的に知りたい。どういう統計を見ればいい？　夜、湿度八九％。明日もむしあつい、と。

5月12日（火）

八時起き。遠隔授業ゆえ、全授業分の掲示板、テスト、レポート等を見回り、投稿あれば回答する。新種の病原菌が現れて世界中の紙を壊滅させたら、それだけで社会はカオスと化すだろうと、ヴァレリーが書いていたが、同じ空想をデジタルメディアについてする。三時まで遠隔授業の対応をした後、厚生労働省に問い合わせ、労働時間指数はじめ、各種統計ダウンロードするも、今日現在では三月までの統計しかなく、しかも数字の意味のみこめておらぬためこの三ヶ月とここに至るまでの就労状態の推移よくわからず。五時前散歩。街も人もゆるまずにはおられぬよう。暑くなってということか、雑木林のキンランは消滅していたが、ギンランはあの崖に、弱々しくだが一輪あり。六時すぎ帰宅すると着信いくつか。再び遠隔授業対応に巻き込まれ、知らぬまに寝落ち。夕食後、なおも遠隔授業に関して着信あるが、『死都調布南米紀行』よむ。

バイオレンスでも暴力でもない殺人。マッチョな女の裸。暴力と笑い、エロと笑いは相容れないと思っていたが、ここではシリアスな暴力とハードボイルドなエロがなぜか笑える。

水村美苗（小説家）

5月13日（水）

午前は殿の「原稿断り騒動」に付き合い、自分の仕事が出遅れた。コロナ後の世界について文明論的な視点から雑誌に何か書くよう依頼され、例によって大志を抱き、ルッソーからホッブスまで読み直していたが、やはり書けないという結論に当人が達したのである。断りの文面は私が最終チェック。ついでに新聞のインタビューも断わっていた。小説家とちがって、学者は小難しいことを言わなくてはならないのだから、そそっかしく引き受けるものではない。それでなくとも、哀れ、馴れないオンライン授業で苦労している。

少し書いて、昼を食べたあとは、庭があまりに草ぼうぼうになっていたので、二人で庭仕事。（といってもマンションの庭である。）お掃除の人に入ってもらえないので、家の用が増えた。

夜、仲良し女性二人が経営する店から持ち帰った夕食で『点と線』を観終わる。つまらなかった。そのあと同じ一階にある書庫兼納戸兼ピアノ室に向かって、消音でシューマンの練習。

寝る前「ニューヨーカー」で疫病に関して読んでいたら、筆者の名が「シッダールタ」とあったので驚いた。インド系ではよくある名なのか？

5月14日（木）

そろそろやめねばと思っているのに、また起きたと

THE
COP
TRAV

あ〜昼休みが欲しい

たんに、ネットでニュースやブログを読むのに時間を使ってしまった。コロナ以前はこういうことはなかった。反省し、まだ先行きが見えない小説を、きっちり三時間半書く。夕方はいつも散歩をするが、環七や青梅街道が近いせいで、始終救急車の音が聞こえてくる。

松本清張を続けようと今日は七四年の映画『砂の器』。アメリカにいた私は丹波哲郎や加藤剛などはその名を知っているだけだった。こちらはそれなりに面白かった。ただ、丁稚奉公をしていた少年が長じてコンサート・ピアニスト兼作曲家になるという設定である。ピアノをやっている姉とは毎晩長電話をし、互いに何を観たと報告し合うのだが、姉いわく、いつだかこの映画を観た母が「おかしいほど怒っていた」そうである。小さいころから毎日練習せねば人はピアニストにはなれない。必死に姉に練習させた親としての苦労を思い起こしたのだろう。身体が不自由になり、前から引きこもっていた姉だが、生徒が入らない分、今は毎日三時間以上練習している。母に植えられたその習慣ゆえである。

5月15日（金）

体重計に乗るのを避けているうちに、なんと二キロ増えていて仰天した。

アイオワ大学国際創作部のため「パンデミック・ジャーナル」を先日書いたが、自己紹介を添えるようメールが届く。一番嫌いね。こういう仕事。夜は小説の参考にと最近出版された日本語の中編を読んだが、時間の無駄だった。

5月16日（土）

雨だったのにメールで予約しておいたイタリアンを遅めに取りに行く。若夫婦が経営するこの店も応援したいので赤ワインも頼んであった。このイタリアンの日は特別の日なので、色々迷ったあげくタランティーノの新作を一気に観る。

5月17日（日）

今日は本来ならば文化村でマリア・カラスのホログラムが歌うのを観に行くはずの日であった。ホログラムなんぞには拒否反応を起こすだろうと決めつけていたオペラ通の猪木武徳氏（経済学者）も「行く行く」と言うので、姉も引っ張りだし、四人でそのあと食事をするのを予定していた。カラスの声が劇場に響き渡るのを聴きたかったし、猪木氏が会話上手なので会食も楽しみにしていたのに……。

友人に招待されズーム・デビューを果たす。

料理のレパートリーが増えていっている。かた焼きそばも当然自分で作れるのを発見。

5月18日（月）

明け方睡眠薬を飲み直したので一日中眠い。ノルマの三時間は書く。知人に勧められた『ポツンと一軒家』をアマゾンで探して見始めたのは、この日記をつけているあいだは、いつもよりも日本語のものを観ねばならぬという強迫感が潜在的にあってのことか。監督が選んでいるのか、感心な田舎の老人ばかりで素直に感心する。

5月19日（火）

感染者数も減っているので、BCGなり交叉免疫なりの効果を信じ、夕方、二ヶ月ぶりに姉のマンションに入ることにする。ピアノのレッスンというのが表向きの理由だが、散歩にも出ない姉が心配である。久しぶりに駅に向かえば、お出かけ気分で、足取りもタッタと軽い。マスクを赤く染めるだけの口紅は省いたが薄く化粧もした。レッスンを受けると私でも少しは上達する。途中で買ったにぎり寿司を姉と食べたあと、伸びすぎた姉の髪を切ろうとしたら、気の毒なことに切りすぎてしまった。子供のときのような泣き顔になっていた。

生活の心配もなく、仕事で身を危険に晒す必要もなく、窓の向こうの緑を見ながらうまくいくかどうかわからない小説を書いていれば良い。結構な身分だと自分で思っている。それでも幸せではないのは、もちろん、今、いつにも増して不幸な人が世界にたくさんいるからである。だが、それだけではない。今回の日本の政府の心許なさに、どこかで精神が崩壊してしまった。

飴屋法水（演出家・美術家）

5月20日（水）

匂う。雨のせいか強い。

気づいたのは数日前。この在宅期間を利用して、長年「開かずの間」にした四畳半を片付け始めていた。チビが、何か海の匂いがするね、と言った。使用済の水槽用品にゴミでも付着してたか。それにしても変だ。日に日に匂いは強くなる。

もしやと思い、山積みの荷物に隠れていた冷凍庫のランプを確認する。消えている。まずい。たいへんにまずい事になった。

冷凍庫には、二五年ほど前に「動物堂」を開店した、その時に死んだ動物たちが冷凍保存されていた。匂いに気づいて数日。腐敗を通り越し、中は液状化してるのでは。

どかすと、床にドロリとした染みが拡がっている。水抜きからポタポタ落ちたのであろう、染みは、壁際の本棚まで届いている。

恐る恐る蓋を開ける。底の方にビニールに包まれた不定形の塊がみえる。そのまま蓋を閉めてガムテープで密閉する。手伝ってくれてるチビが、こないだ映画で、死体を調べる人が、鼻の下に白い粉みたいなの塗ってたよね、と言う。

匂う。

5月21日（木）

窓を開けて扇風機を回し続ける。しかし寒い。朝の冷え込みは初夏とは思えない。

業務用の消臭剤をネットで調べてみる。死臭専用。孤独死されたマンションのリフォーム専用。床に染み込んだ体液に、直接噴霧。残留臭気に効果的。この世にはこのような「必要」がある。

夜。風邪をひいてることに気づく。今ひくのはたいへんに面倒だ。発熱、頭痛、喉の痛み。しかしまあ、これは只の普通の風邪だろう。しかし只の風邪とはなんだ。コロナの正体もわからないが、そもそも風邪の正体も僕にはわかってない。

怯えながら咳をする。まるで練習してるみたい、塾に行かされて、予習や復習をしてる子供みたいに咳をする。部屋に自分以外の人はいない。だからマスクはしてない。独学か。

5月22日（金）

匂う。部屋に漂い、充満している。

二十年も前に死んだ動物たちの、死臭を今、嗅いでいる。古いレコードが再生されるように、かつての死が、今、再生されている。

ナマケモノは南米から来た。ワシントン条約（CITES）２種で、当時は合法で販売できた。入荷した１匹はメスだった。妊娠していたことに気づけなかった。店に着くなり出産した。臨月に日本に輸送されたのだ。早産だったかもしれない。彼女は育児放棄した。

センザンコウも赤ちゃんだった。東南アジアから手荷物で密輸された。空港で押収されると、動物園のバックヤードに運ばれる。しかし人工保育の方法がわからない。

それは未知の塊としてもぞもぞ動き、口から長い舌を出し、まもなく死んだ。二五キログラム未満の動物ならば、清掃事務所が生ゴミとして焼却する。頼んで、その死体を貰い受けた。

小さな塊は「べーちゃん」だった。アフリカ便のフクロウ二十羽ほどが、店につくなり全滅した。そればかりではない。それまで元気だった店のフクロウも、端からバタバタと死んでいった。抗生物質がまったく効かない。細菌ではない。ウイルスでしょう？　アフリカでしょう？　未知のウイルスなんか山ほどありますよ。獣医は言った。隔離してください。それしかできません。べーちゃんは自分の鳥だった。家に運んだが手遅れだった。全滅した店を消毒し、再開するのに一月ほどかかった。

二十年間、べーちゃんは凍っていた。うっかりコードが抜けて解凍されて、液体になって。それから匂いの粒子になって。鼻の粘膜に張り付いてくる。消臭できない。

5月23日（土）

まだ匂う。

ブラジルで。ニューヨークで。防護服を着た人が墓穴を掘っている。遺体が感染しているからだろう。ヘリだろうかドローンだろうか、それを上空から写している。

二〇一一年、震災の年。夢の島で上演した「じめん」を思い出す。ゴミで埋め立てられたその場所に、少年が自分の墓穴を掘っている。ゴミと一緒に埋めるのだと。劇中、イタリアの演出家ロメオ・カステルッチに質問する。イタリアは火葬しないんですか？　しないと言う。遺体は棺の中でミイラになると。ならば、もしも二十年たって。その遺体が自分の愛した人だったとして。墓を掘り起こし、棺を開けたくはならないのですか？　ならない。そんなことを考えもしない。ロメオはそう答えた。

コロナによる遺体には、遺族もまともに会えないという。防護服を纏えば会えるのか。この厄災の半減期はいつだろう？　何年。何十年。ミイラになった遺体に、やっと会えた、触れられた。そんな再会もあるのだろうか？　今ならロメオはどう言うだろう？

5月24日（日）

外の空気を吸おうと部屋を出た。

新宿通りを自転車で走る。店が開き始めている。歩道を走り抜ける。店ごとに匂いが変わっていく。ふっ、と微かな下水の匂いが混じる。近くに排水口があるだろう。私は犬に近づいている。朝吹（真理子）さんからラインが来る。私さあ。最近、寝ると夢ばっかり見ちゃうんだよね。

急いで人になる。

5月25日（月）

今日も匂う。

別の記憶が解凍される。

三五年前。二五歳の僕に、初対面の大林宣彦監督が、いきなり握手の手を差し出した。大きなその手を握る。手のひらは厚く、温かい。優しかった。嬉しかった。しかしあの時、僕は畏れも感じていた。とても幼かったのだ。

分厚かった、温かかった、監督の体温のようなもの。あの手は怖かった。だから記憶した。たった一度のその接触が、この部屋で何度も再生される。四月十日。監督は遠いところに離れていって。あの手が近づいてくる。

今日、緊急事態宣言が解除された。

5月26日（火）

一ヶ月半くらいだったのか。

夕刻、青葉（市子）さんを誘い、家族で散歩する。新国立競技場の前を通り抜け、神宮球場のあたりまで。無人のナイター照明に蛾が群がっている。それも九時ちょうどに消えた。

広場で蛙が鳴いている。スケボーをやる集団。キックボードで走り回る子供。バレーボールに興じる若者たち。待ち構えていたように、家から出始めている。

喪明けというか、四十九日みたいだったな、と思う。この時間が、期間が、必要だったのだろう。この日々に、心がもう、疲れて飽きてしまうために。我々は、じゅうぶんにやった。もういいじゃないか。前に進もう。これ以上は、しかたのないことではないか。受け入れるしか。諦めるしか。

何を諦めたのだろう？　僕は。

今村夏子（小説家）

5月27日（水）

娘としまむら。パジャマとワッペンとキーホルダーを買う予定がパジャマはサイズがなくてワッペンは売ってなくてキーホルダーだけ買って帰宅。マンションの入り口で同じ階に住む親子に話しかけられた。息子さんは娘と同い年。幼稚園らしい。家族以外の人と会話するのは二カ月ぶり。訊かれてもないことをべらべら喋った。私が喋ってる途中で息子さんが突然叫び声を上げたので驚いた。威嚇されたような感じがして何か落ち込んだ。

夜は小説、の予定が畳の部屋からＺＡＲＤが聴こえてきて全然集中できなかった。いつもなら音量下げてもらうけど今日は坂井泉水の命日だから頼めない。音楽が止むまで我慢した。二時過ぎまで止まなかった。うるさかった。飲酒して少し寝た。

5月28日（木）

娘と自転車の掃除。二カ月乗ってないから埃だらけ。娘が丁寧に拭いてくれてきれいになった。明日はこれに乗って保育園に行くのかと思うと、今から緊張と不安。

掃除の後はサンディへ。すごい人だった。何も買わず出てきた。帰宅してお薬屋さんごっこ、保育園屋さんごっこ、イオン屋さんごっこ、動物園屋さんごっこ、ぬりえ、数遊びなど。

夜は三人揃って晩ご飯。娘、上機嫌でおならやおひげやおしりの話をした。明日保育園なのに。明日の娘の憂鬱を想像して私が憂鬱になった。

十時から小説。眠い。この三カ月くらいずっと眠い。娘、夜中に鼻血。

5月29日（金）

約二カ月ぶりの保育園。家ではニコニコだったけど到着したら泣いた。私も泣きたかった。Yちゃんのお母さんに話しかけられて必死に何か喋った。何を喋ったか思い出すと消えたくなるから忘れる。忘れた。赤面症は悪化している。自分にもメカニズムがわからない。わかる時もあるけど、今日のはわからない。

日中は小説。明るい内から机に向かうの久しぶり。家に誰もいないと笑わなくていいからすごいラク。でもできなかった。昼でも夜でも同じことだった。できない。

娘、昼からは笑顔で遊んだらしい。良かった。夜はすぐ寝た。お疲れさま。

私も飲酒して十時半に寝た。

5月30日（土）

娘と夫は天王寺動物園。ばあばとM君も一緒。私は一人で小説がんばる日。せっかく丸一日もらったんだから無駄にできない。明日、Sさんに送る。できたとこまで。さっき失敗しているとわかったから今から全然違う話を考える。ちゃんと寝た結果、今までのは全部失敗だったとはっきりわかった。気づくのに二カ月半もかかってるんだからどうしようもないバカ。また最初から。

深夜一時、諦める。

5月31日（日）

Sさんに送った。送ったけど送ってないも同然。できてないから。今までの全部忘れないと。

娘と夫、ばあばの家に泊まって昼過ぎに帰宅。動物園で買ってもらったタヌキのサングラスかわいい。楽しかったみたいで良かった。

何もないけど結婚記念日。六十歳になったら渡す手紙を書いた。

6月1日（月）

今日から本格的に保育園始まる。娘、よく泣いた。私の緊張と不安が伝わるんだと思う。どうしてあげることもできない。くわばたりえとか奥山佳恵みたいな母親になりたい。

日中は小説。読み返したら全然だめ。

夜はチンジャオロース、小松菜お浸し、味付け豆腐を作ったけど全部失敗、全部まずかった。特に小松菜が固くて味も悪くて嚙みながらイライラした。せっかく三人揃っての夕飯だったのに。まずいもの作った上に逆ギレまでして最低だった。空気悪くしてごめんなさい。

歯磨き後に謝罪。飲酒してもう一回歯磨きして寝た。

6月2日（火）

娘、今朝は泣かなかった。良かった。

小説は昨日より更に悪くなってる。

夜はくら寿司。三カ月ぶりの外食。焼きハラスばっかり食べた。娘、お茶を盛大にこぼした後もケロッとした顔でおすし食べてて立派だった。このまま大きくなってほしい。お茶がこぼれたくらいでこの世の終わりみたいな顔してアワアワ言いながらウェットティッシュでテーブル拭くような四十歳にならないように。夫がどこからかキッチンペーパーの束みたいなの持ってきて、あっというまにきれいにしてくれた。ありがとう。

くら寿司の後はセイムス。スタンプ五個溜まったから プレゼントもらえる。娘、飛行機のおもちゃを選んだ。夫と私はブーブークッションを選んでほしかった。帰宅してチーズケーキ食べて寝た。

東　浩紀（批評家・思想家）

6月3日（水）

前日夜に「東京アラート」が発令された。東京はふたたびコロナに警戒せよとのこと。起きてネットを覗くと、赤く不気味に照らされた都庁舎とレインボーブリッジの画像がタイムラインを賑わせている。それ以外の情報はなし。ただただ滑稽。この日記が活字になるとき、東京アラートはどれほど記憶されているだろうか。

ゲンロンは毎週火水が会議の日。今日も編集会議があるが、調子が悪く会社を休む。先週末から腹部を中心にブツブツが広がっていて、ひたすら痒い。

ネット検索によればブツブツは「丘疹（きゅうしん）」、痒みの広がりは「痒疹（ようしん）」というらしいが、原因は多様で対策も不明とのこと。自宅で痒みに耐えながら原稿を書き続ける。書いているのは『ゲンロン11』へ掲載予定の六万字ほどの論考。三部構成の書籍の第二部にあたる部分。1月から書き始め、3月末にいちど原稿を破棄して再スタートしいまに至る。この長い仕事がなかなか終わらないことこそが、痒疹の原因かもしれない。

6月4日（木）

午後出社。この夏オープン予定の映像配信プラットフォーム「シラス」について、グルコースさん、社外協力者と遠隔会議。シラスは、ひとことでいえばみながゲンロンカフェのような放送を開くことができるシステムで、ゲンロン第2期を牽引するはずのサービス。この日記が活字になる時点では、あるていど成否が見えているだろう。

会議後はひたすらオフィスで編集業務。柳美里氏、田中功起氏の原稿に赤を入れる。来週のイベントに備えて隈研吾氏の著作『点・線・面』を読む。読書後あらためて原稿にむかうが、集中力が続かずコンビニで安ワインを購入。飲んでごまかして執筆を続け、朝方に体力が尽きて帰宅。

6月5日（金）

午後出社。ふたたびひたすら原稿。なんとか目処が見えてくるが、集中力が続かない。

夕方の放送プログラムは、山森みかさんというイスラエル在住の著述家に、ゲンロンの上田洋子（一昨年末から彼女が代表である）がスカイプ越しで話を伺う企画。無観客。コロナ禍への対応を通し、日本と異なるイスラエルの複雑な実情が窺えて興味深い。放送終了後は、前日と同じく安ワインを買いまた原稿。やはり帰宅は朝方。

6月6日（土）

娘の誕生日。ゼロ年代半ばに生まれ、かつてはぼくの文章にやたらと登場し、長いあいだツイッターのアイコンにまでされていた弊娘も、いまや中学3年生で一五歳。年齢も年齢なので最近は話題にすることが少ないが、いまも元気に生きている。そんな娘の希望で、午後はひさしぶりに親子3人で外出し、都内某所の陶芸教室に土鍋づくりに行くことに。土鍋制作中はむろんマスク着用。

教室の場所は若手小説家S氏の自宅の近く。思いついて連絡をとってみる。彼と娘はゲンロンのパーティで知り合い、ＬＩＮＥで世間話をする関係になっている。うまく連絡がついて、夕食をともにすることに。その娘がS氏に出会ったのは、まだゼロ年代のこと。そのとき彼は二〇代半ばで、村上隆氏が主宰するアートイベントでなぜか全身を黄色に塗り、首のもげたピカチュウのぬいぐるみを抱えてステージで奇声を発していた。幼い娘の怪訝な表情をいまも覚えている。そんなS氏もいまは単行本を出版し、娘に誕生日プレゼントで河出文庫の海外文学を贈る立場になった。自分も年齢をとるはずだと思う。穏やかないい一日だった。

とはいえ原稿は一字も進まず。

6月7日（日）

自宅であらためて原稿。前日休んだせいか集中力が回復し、終わりの目処がついてくる。夕食はステイホームで宅配寿司。流通の関係か、コロナ禍が始まってから宅配寿司やスーパーで売られる刺身の味がよくなった気がする。いつまで続くことやら。食事をしながら、見逃していた『アナと雪の女王2』を鑑賞。二〇一三年の『アナと雪の女王』はよく知られた童話をジェンダー的視点で再解釈した傑作で、時代に先行した予言的な作品でもあったが、続編は政治的メッセージを意識しすぎた失敗作に思われた。痒みがようやく治り始める。

6月8日（月）

建築家の藤村龍至氏、ゲンロンの上田と原宿駅前で待ち合わせ。隈研吾建築都市設計事務所のM氏の案内で、隈氏設計で昨年秋に開館したばかりの明治神宮ミュージアムを見学させてもらう。12日金曜日に控えたゲンロンカフェでの無観客公開座談会の準備だ。神宮内苑で宝物館を設計し、外苑に隣接して国立競技場を設計した隈氏はいまや名実ともに「日本」という「国家」の「国民的建築家」だ。その立場をどう捉えているのかが気にかかる。神宮内苑の広大さにも強い印象を受ける。かつて専制君主のため国家主導で作り出されたこの広大な緑地——この森は一九二〇年代に植林によって人工的につくりだされた——は、いまでは国のものでも市のものでもなく、かといって再開発されるわけでもなく、民間の一宗教法人の管理のもとで「聖域」として守られ続けている。この土地は公のものか民のものか。ここには戦後日本の問題が凝縮されている。そしてそのねじれこそが近隣諸国との相互理解を阻んでいる。

見学後は藤村氏と千駄ヶ谷のカフェで打ち合わせ。出社して原稿の続きに取り組む。ついに本論は終わり、残りは注の整備と短いエピローグのみ。一気に書けば終わる文字数だが、ネットフリックスで韓流ドラマ『ザ・キング』を見始めてしまう。並行世界の「大韓帝国」から運命の恋人が白馬に乗ってやってくるという往年の少女マンガ＋ＳＦのような物語なのだが、分断国家の無意識がときおり顔を覗かせて興味深い。

6月9日（火）

昼過ぎに出社。会議を終えたあと、もういちど原稿に向かい合う。エピローグでは大江健三郎の『治療塔惑星』に触れた。二〇〇〇字ほどの短い文章だが、もしかして大江作品について書くのは初めてかもしれない。『ヒロシマ・ノート』の奥付を確認し、同書出版時に大江がまだ三〇歳だったことに驚く。ぼくの三〇歳は『動物化するポストモダン』だ。時代の違いといえばそれまでだが、やはりぼくはなにかの責務を回避し続けてきたのではないか。コロナ禍下でそんな思いに囚われる。

エリイ（芸術家／Chim↑Pom）

6月10日（水）

0時2分。近日中に行う対談相手から著書や手紙が家に到着したのは5月29日の話だ。返信を書かなければ、と。期限を10日に設定した。来てしまった。私は今年に入るまで10年以上、住所や名前欄以外に文字を書くことがなかった。何か文字を書かなければいけない場合は人に代筆してもらっていたが書くことなんてない。友人が留置場に入り、大学の入試以来に文字を書くことになった。手紙など何十年ぶりだ。とにかく久しぶりに文字を書き、悪くない手応えとともに新しい何かをつかんだ。しかしそれが習慣づくことはなく、今年の正月に送られてきた年賀ハガキに返信することなく、かといって返信することが頭にこびりついて一日も忘れることなく、5月14日にやっとポストに一枚の葉書を投函できた。私に手紙を送らないでくれ。ついでにいうと、電話もしないでほしい。

6月11日（木）

家にお手伝いさんが初めて来た。念願だった。今まで家事は両家の母親が交互に来ていたがコロナで対面しない日々が続いたし、洗濯機にかけたまま忘れてしまい腐っていく服やゴミ捨て場の鍵の在処で夫と言い争うのにも見知らぬ人を家に入れるという踏ん切りも最早どうでもよい。近所で歯医者を営む叔父が、斜め前のビルで働いていたKさんを4年ほど前に窓の外からみつけ声をかけて自分の家にも来てもらっていたので紹介してもらった。この新潮の担当の鶴我百子さんから去年の11月27日の誕生日に歌舞伎町の韓国料理屋で貰ったポインセチアの鉢を遂に捨てる。この暑い季節までよく持ち堪えてくれた。年末あたりに大学の同級生と飲んでいたら、横に偶然編集者が居て話しているうちに鶴我さんのことを知っている人だと分かった。ポインセチアを貰ったんですよ、と言ったら、ある作家のパーティで鶴我さんがその会場に飾ってあったポインセチアの鉢を抱えて走って出て行ったのを見かけた、そのポインセチアじゃないか、と言った。この話は鶴我さんにしていない。

夜は母も交えて私の友人2人と4人でイタリアン。仲良しの1人がネズミ講詐欺にハマっていて、それネズミ講だよ、と言ったら「ネズミ講って言うこと自体がもう古いってナントカさんが言ってたし、話聞いてその場で５００万入れた東大生もいたよ。」と20年以上前からルノアールの隣の席で漏れ聞こえてきた常套句を聞けた。

6月12日（金）

夕方まで寝て、実家に帰ってホタルを見に行く両親の車に乗り込む。父の運転で横浜へ行き妹と甥も行く。たしか去年は私は行けなかったが一昨年は行けた。脇に森を携える小川に沿った道は闇が飲み込んで、薄らと青みがかった人影と粒々したホタルのおしりが光る。去年の秋の台風で崖崩れが4箇所ほど起きて、生息地の生活環境が乱されて前回見た時より光は半減していたが人はホタル程は減っていない。動きが無い暗闇に母が小石を投げる。父が見つけたその場所に家族で初めて来た時はまだ甥はいなかったし、勿論いまいる私のお腹の子もいない。高尾山にホタルを見に行った時は、祖母は生きていた。

6月13日（土）

一日実家で寝ていた。私は何日間も起きないことがある。寝続ける。昔からそうなので誰も起こしに来てくれない。このまま死んでも暫くは気付かれないだろう。唯一、気に掛けてくれていた昨日思い出したのとは違う祖母も死んでいる。

6月14日（日）

やっと夕方起き上がり、電車に乗って家に帰る。夜中は夫とプロジェクターで映画を壁に投影して「サーミの血」を観る。スウェーデン北部の山間部に居住する少数民族サーミ人は、支配勢力のスウェーデン人によって劣等民族として差別を受けていた。ヨイクというサーミ人の歌唱法で歌う伝統歌謡に身体が反応し震えて、光の中に入り影遊びをしながら踊る。私の丸く突き出たお腹の中の赤ん坊が揺れる。

6月15日（月）

緊急事態宣言中に街の中で制作した作品と、去年マンチェスターでコレラについて展開した作品の個展を6月27日〜7月22日に開催するので天王洲アイルにある所属しているギャラリーANOMALYに行く。この段階は力仕事が大半なので私は細かいところを底上げしにいく。朝、ギャラリーのオーナーに迎えに来てもらう。メンバーと作品チェックをし、会議をしてソファでだらける。夜になり、ギャラリーの人達が六本木に他の作家の作品を設置しにいくというので付いて行き、蕎麦を食べて送ってもらう。他人が蕎麦をすすっている汁にコロナが巻き込まれて、私に飛ばないか目を見開きながら食べた。

6月16日（火）

両親と妹と甥とヒルトン小田原リゾート＆スパに泊まりにいく。コロナの影響でお土産屋もカフェもスパもやってないし、玄関にも誰もいない。0歳の時から毎週プールに通ってる1歳9ヶ月の甥は、プールの水をそんなに楽しまずに終わった。水着を着た妊娠中の私は、大量に持ってきたうちの何枚かの水着が入らない身体を久しぶりに見たのだった。夜は全員が寝て暇で苛つく。世の中や世界中で何か私の知らない不思議な出来事が起きてないかと携帯で定期的にチェックしているがいつも収穫はない。「不思議」「不思議なこと」「世界　不思議」と打つ。地方の個人不動産会社の手作りホームページが何故か一番上に上がってくる。ヒットしているのだろうか、その様子はないがブログを読む。世界の不思議とは全く関係ないが、某政党のワードが出てくるので新興宗教なのかとブログを読み進める下に社員は社長1人しかいないその顔写真が出てくる。肌が黒くプロフィールにはお釈迦様の言葉を引用している。鰻釣りや土地やコロナの話題が多岐にわたり読み進めてみる。写真を何度か見るうちに、「この人知ってる」。私が昔、何年も行き続けた西麻布のクラブのDJだ。ホームページに載ってる電話番号に明日電話してみよう。

追記：その人は新興宗教ではなく、46分の会話は随時敬語で、向こうは私が誰だかは一切たずねてこなかった。

大竹伸朗　（画家）

6月17日（水） 晴れ

早朝、白い気球（下部に十字架付き）的飛行体が仙台上空に出現。宇宙人があえて「気球っぽく」小細工した本物ＵＦＯか？

長らく空き家だった真隣りの家屋解体工事が今朝始まる。

至近工事は落ち着かないが、進行中のシリーズが「解体現場風絵画」なので間近で本物を観察するいい機会。家屋＝絵画？　内部構造が半分むき出しの「ビル景」は想像力をあおる。特に「鏡とタイル」の組み合わせ。

コロナ禍20匹ほどいた池の金魚が次々と死んでいったので、残党を薬入りの水槽に移し久方ぶりに池掃除。水草に今年初めてメダカの卵(43個)を見つける。

水面に頭を出すカエルと遭遇、金縁黒マナコでこちらを凝視。以前池に来たアマガエルが翌日姿を消したことを思い出す。調べると「ツチガエル」、しばらく住み着いてくれないか。


6月18日（木） 雨　メダカ卵62個

解体2日目、ツチガエル目撃。

次女部屋の本棚に「落語漫画」の背。小さいころ買い与えたのか。著者は前谷惟光（まえたにこれみつ）？　なにかグッと懐かしい響きから「ロボット三等兵」に行き着く。当時、彼が落語漫画を描いていたことを知るのに60年かかった。

制作中の「解体現場風絵画シリーズ」はＦ20号(72・7×60・6㎝)。小さいのですぐ完成かと思いきや暗礁に乗り上げ身動きとれず。調子に乗ってやりすぎるといつも失敗する。とりあえず半分壊したところから再スタート。

森山大道「東京 ongoing」展（東京都写真美術館）カタログが届いた。名前の中に「道・ストリート有り」に初めて気づく。それもビッグ・ストリートだ。強烈な反射鏡、いまだフルスロットル。

ジョン・ハッセル1977年発表1stアルバム「VERNAL EQUINOX（春分）」CD着。30年ぶりのリマスター再発で改めて聴いたが、ほぼ記憶から飛んでいる。同年に「ビフォー・アンド・アフター・サイエンス」を発表したブライアン・イーノのコメント有、改めて当時の衝撃を想像。1977年はロンドンにいた。夢を思い起こすような感触。

先月知ったクルアンビンのCD3枚、切ない微風音。

6月19日（金） 雨のち曇り　メダカ卵56個

隣家解体3日目。コロナ自粛緩く解除。

昨夜半から豪雨、カエルまだいる。

「南北軍事境界線非武装地帯の北朝鮮エリアの監視塔に兵士らしき軍人が集まりだした」という報道カラー写真に反応。植物が生い茂る小高い丘の赤土上に建つモルタル色の崩れかけトーチカ風情、佇まいが「解体現場風絵画」に近い。

延期となった展覧会が少しずつ動き出す。

当分無職のプータロー状態が続く、学生のころの気分。

6月20日（土） 曇り　メダカ卵82個　ツチガエル目撃

隣家解体4日目。鉄製柵取り外し。建築パーツは使用目的と縁を切った途端、形状美が浮き出る。

久々の夢。

黒雲のたれ込める夕刻、野外コンサートに向かう田舎道を友人数人と連なって歩いている、前後に大勢の若者。

会話に「大瀧詠一」という言葉が出ると隣を歩く熱

狂的な大瀧ファンの友人が「ン〜歩きながらそう気安く大瀧詠一を言葉にする気にはなれないのよね〜」といった表情で不機嫌になる……すごく気まずい間。

背後から追いついた彼の彼女の外見は別人だが違和感はない。腰までのサラサラ長茶髪、サイケ柄テロテロ布製超ミニスカート、コルク製厚底サンダル（白）、屈託のない笑顔。重い空気のまま無言で歩く。

晩、テレビで「破獄」（原作・吉村昭、主演・緒形拳）。30代でこの本に受けた強い衝撃はいまだ消えず。自分の中でこの主人公は「アート」とつながっている。


6月21日（日） 曇り　部分日食　メダカ卵38個　カエル目撃

解体休み。久しぶりに朝から静寂。昨日一気に崩した2階部土壁の匂いが充満。

このところ朝はジョン・ハッセル1stでスタート。当時これを初めて耳にした多くのミュージシャンはその先見性を理解できなかっただろう。来日公演後の客席で短時間本人と立ち話した記憶有。

中国の国家安全法6月中成立？　香港一国二制度危うし。初めて訪れた返還前の香港の匂いと湿気が蘇る。ひんやりした微風で届く八角の匂い。当時の友達は何処。


6月22日（月） 快晴　メダカ卵68個

解体再開5日目。ツチガエル目撃。

原稿締め切り、移動制限が続くため、「宇和島で絵を描いている」「メダカと金魚に餌をやった」以外書くことがない。この一月の大変化はツチガエル登場。池から飛び出たカエルを観察。「無」状態で気配を消し、目の前を通り過ぎる蟻を捕食する瞬間を目撃。蛙拳、悟った禅僧のよう。


6月23日（火） 快晴　メダカ卵74個

解体6日目。昨日までに解体ほぼ終わり、瓦礫撤去開始。

道頓堀「づぼらや」看板のニュース。店はなくなっても看板は残るらしい。看板が店を超えたフグ景ポップの勝ち。

老舗天婦羅屋「三亀松」に続き、早朝うどん「やまこ」（創業66年）が来月22日で閉店とのこと。取材で訪れた故吉村昭氏による「朝のうどん」と書かれた色紙と店内の素っ気なさ、昔の香港のような東欧のような……。宇和島で通った店もほぼ消える。

京都の友より「旧歌舞練場兼芸娼妓慰安余興場」の解体現場写真が送られてくる。作品、真隣家屋、友人情報と「解体」が今キテる。

島田雅彦（小説家）

6月24日（水）

久しぶりの二日酔いでほぼ麻痺していた。昨夜は銀座ザボンに激励に出かけた。フェイスシールドとゴム手袋で「武装」した女子の接待を受けたが、着用のドレスや体型によって印象が異なるのが可笑しかった。ティアラをつけた貴婦人に見える女子もいれば、機動隊員にしか見えない女子もいた。買い物には出たが、日がなネットフリックス漬になっていた。ユナボマーの逮捕に至るまでを描いた『マンハント　ユナボマー』によれば、言い回しの特徴からプロファイリングと人物の特定を行った最初のケースだったらしい。『愛の不時着』も『トッケビ』も『ミスター・サンシャイン』も早い時期に見てしまい、『冬のソナタ』から伝統として受け継がれるストイックな恋の様態を見て、概して人は秋になっても、冬になっても、思春期にとどまりたいのだなと思った。

6月25日（木）

四月に開始予定だった新聞連載小説が前任者の予定が大幅に延びて始められない。長い巣籠もり期間をやり過ごすには小説を書き継ぐほかなく、ふと気づけば、五ヶ月分のストックができていた。これからは島田雅彦を吉村昭と呼んでもらおう。長年の政治に対する不満、もっといえば、フロイトが唱えるところの文化への不満が自身の中に鬱積しており、それを解き放つために想像上の反乱を起こす。『パンとサーカス』というタイトルは我ながら秀逸と自負している。六人の画家からなるユニット「コントラ・ムンディ」も立ち上げ、挿絵のスペースをギャラリー化することにした。

6月26日（金）

多摩丘陵の住人であるメリットは、いくらでもほっつき歩く里山があるということに尽きる。執筆の合間に五種類あるコースのいずれかを日替わりで歩いている。孤独な散歩者の夢想にふけったり、木や草、石に話しかけたりしている。返事をされることもあるが、その声は幼い頃の息子の声だったりする。孝行したい時には親はなしというが、遊んでやりたい時には子どもは近くにいない。道中で竹槍にするのにちょうどいい竹を拾ったものの、一揆の予定もないので、持ち帰り、適度な長さに切って、階段の穴に渡してみたら、ぶら下がることができた。試しに懸垂をしてみたが、竹の強度も充分だった。両端にラバーを巻いたら、安定もする。懸垂の回数を増やす新たな目標ができた。今はまだ五回しかできない。

6月27日（土）

今は戦時下なのだと思う。メンタルをやられる人や自殺者も増えるのは間違いない。私は連載小説というルーチンには救われている。谷崎も戦時中は『細雪』の執筆と『源氏物語』の現代語訳で時間を潰し、時局に迎合せずに済んだ。

6月28日（日）

ジャーナリスト金平茂紀氏と新宿エスパで会う。彼が始めたウェブサイト向けに政治放談をした。マスメディアの服従ぶりに対する絶望から、ネットメディアはさらに充実する。いわば、テレビ、新聞は自らの弱腰によって存在意義を喪失することになる。そのような自殺行為は現在の自分の地位を守るためだという矛盾を自覚していないのか、それでも「わかっちゃいるけどやめられない」のか？　思考を節約したがる人が人口の半分を占めているとすれば、面倒だから、服従しとこうということになり、翼賛体制経由で国家的集団自殺へと向かう。二〇二〇年は一九四一年の反復となるのか？

　収録が終わると、岐阜から戻ったという人が新鮮な鮎を提供してくれたので、聡子ママに代わり、厨房に立ち、塩焼と刺身を作った。頭と骨、内臓、皮は捨てるのがもったいないので、包丁で細かく叩き、味噌と山椒で和え、なめろうにしたら、アイラモルトと相性抜群だった。

6月29日（月）

ＮＨＫ「１００分de名著」で谷崎潤一郎スペシャルをやるにあたり、そのテキスト作りのため語り下ろしをする。マスクをした関係者の前で四時間のモノローグである。つくづく思うのは、頭のいい変態というのは反骨と不服従の精神と表裏一体ということだ。男尊女卑、性差別が根強く残る風潮への批判が高まる時代に、谷崎ってどうなのという声も聞こえるが、改めて読み返してみると、性的指向の多様性においても、過剰な女性崇拝ぶりの滑稽さという逃げ道が用意されている点においても、また色好みの伝統復活という建前の上でも、ぎりぎりセーフか？　女性を性的対象としてしか見ていない疑惑は、川端康成や村上春樹の方にかかっているのではないかと思える。

　収録後、愛弟子の江南とディレクターの三人で食事。痛風の発作が怖いので、日本酒は控えめに。

6月30日（火）

本日も昨日の続き。毛筆に執着する谷崎は筆で万年

ALLEN & GINTER

新潮社
新刊案内

2021 6 月刊

神よ憐れみたまえ

私の人生は何度も塗り替えられ、喪失からすべては始まった。最愛の伴侶を看取り、数多の苦難を経て、十年かけて紡いだ書下ろし長篇。

小池真理子

6月24日発売
●2420円

409810-1

パンデミック日記

筒井康隆、ヤマザキマリ、柳美里、宇佐見りん、坂本龍一など表現者52人
《「新潮」編集部／編》

6月24日発売
●1980円

新型コロナウイルスによる感染症の世界的大流行により、「日常」が一挙に失われた2020年。歴史的な一年を表現者はどう生きたか？

354051-9

2021年6月新刊

ぼくのお父さん

矢部太郎

6月17日発売
●1265円

絵本作家の「お父さん」は、ふつうじゃなくて、ふしぎで少し恥ずかしい。『大家さんと僕』の著者が実の父を描く、ほのぼの家族漫画。

©矢部太郎

351214-1

明石家さんまヒストリー2 1982～1985
生きてるだけで丸もうけ
エムカク
6月28日発売●1925円
雑談芸の確立、ビートたけしやタモリとの攻防戦、人生観を大きく変えた大事故など、天下を掴み、芸人としての覚悟を決めた四年間に迫る！
353782-3

仁義なき戦い 菅原文太伝
松田美智子
6月24日発売●1870円
故郷に背を向け、盟友たちと別れ、約束された成功を拒んだ。「男が惚れる男」が生涯をかけ求めたものは何だったのか。比類なき評伝。
306452-7

◎著者名下の数字は、書名コードとチェック・デジットです。ISBNの出版
◎ホームページ https://www.shinchosha.co.jp

電話／0120・468・465
（フリーダイヤル・午前10時～午後5時・平日のみ）
ファックス／0120・493・746
＊本体価格の合計が1000円以上から承ります。
＊発送費は、1回のご注文につき210円（税込）です。
＊本体価格の合計が5000円以上の場合、発送費は無料です。
新潮社
住所／〒162-8711 東京都新宿区矢来町71
電話／03・3266・5111

新潮文庫 6月の新刊

※表示価格は消費税（10％）を含む定価です。出版社コードは978-4-10です。

錯乱なのか預言なのか。天才筒井の進化が止まらない

世界はゴ冗談

筒井康隆

異常の連続を描く表題作、午後四時半を征伐に向かった男が国家プロジェクトに巻き込まれる「奔馬菌」等、狂気が疾走する傑作10編。●649円 117155-5

乱世に生きた宇治の女御茶師を描く歴史小説

茶筅（ちゃせん）の旗

藤原緋沙子

京都・宇治。古田織部を後ろ盾とする朝比奈家の養女綸は、豊臣か徳川かの決断を迫られる。誰も書かなかった御茶師を描く歴史長編。●737円 139166-3

女副署長 緊急配備

松嶋智左

シングルマザーの警官、介護を抱える警官、定年間近の駐在員。凶悪事件を巡り、名もなき警官たちのそれぞれの「勲章」を刻む傑作。●737円 102072-3

夜の側に立つ

小野寺史宜

再会した親友は、その夜、湖で命を落とした。恋、喪失、そして秘密。男女五人の高校での出会いとそこからの二十二年を描く、傑作長篇。●737円 121153-4

新潮文庫nex

紫ノ宮沙霧のビブリオセラピー —夢音堂書店と秘密の本棚—

坂上秋成

巨大な洋館じみた奇妙な書店・夢音堂の謎めいた店主、紫ノ宮沙霧が差し出す「あなただけの本」とは。心温まる3編の連作集。●693円 180219-0

考える「オリンピック」

オリンピア1936 ナチスの森で

オリンピア1996 冠（コロナ）〈廃墟の光〉

沢木耕太郎

ナチスが威信をかけて演出した異形の1936年ベルリン大会。そのキーマンたちによる貴重な証言で実像に迫った傑作ノンフィクション。●781円 123526-4

スポンサーとテレビ局に乗っ取られたアトランタ五輪。岐路に立つ近代オリンピックの「滅びの始まり」を看破した傑作レポート。●825円 123527-1

自衛隊失格 —私が「特殊部隊」を去った理由—

伊藤祐靖

北朝鮮の工作員と銃撃戦をし、拉致されている日本人を奪還することは可能なのか。日本初、元自衛隊特殊部隊員が明かす国防の真実。●649円 102961-0

通訳者たちの見た戦後史 —月面着陸から大学入試まで—

鳥飼玖美子

145922-6

鏡じかけの夢

その鏡は、願いを叶える。心に秘めた黒い欲望が膨れ上がり、残酷な運命が待ち受ける。『暗黒女子』著者による究極のイヤミス連作。

●605円

秋吉理香子

1029

もう一杯、飲む？

角田光代／島本理生／燃え殻
朝倉かすみ／ラズウェル細木
越谷オサム／小泉武夫
岸本佐知子／北村薫

そこに「酒」があった——もう会えない誰かと、あの日あの場所で。九人の作家が小説・エッセイに紡いだ「お酒のある風景」に乾杯！

●605円

105835-1

ライラたちが〈死者の国〉へ行くにはダイモンとの別れが条件だった——教権とアスリエル卿が決戦を迎える、激動の第三幕。（新装復刊）

●各935円

少女ライラの冒険ファンタジー！

ダーク・マテリアルズⅢ

琥珀の望遠鏡 上・下

【ウィットブレッド賞（現・コスタ賞）受賞】

ブック・オブ・ダストⅠ

美しき野生 上・下

命を狙われた赤ん坊のライラを救ったのは、ある少年と一艘のカヌーの活躍だった。『黄金の羅針盤』の前章にあたる十年前の物語。

●935・781円

P・プルマン

大久保寛訳

202423-2,24-9 202421-8,22-5

新潮新書

6月の新刊 6/17発売

ビジネス戦略から読む美術史

フェルメールの名画は「パン屋の看板」として描かれた⁉名作の背後の「作為」を読み解く。

西岡文彦

610912-6

●836円

森林で日本は蘇る

林業の瓦解を食い止めよ

多様性、豊かさとともに世界がうらやむような資源、日本の森林。その「宝」の活かし方を示す。

白井裕子

610909-6

●792円

その病気、市販薬で治せます

「風邪を引いたらまず医者へ」は古い！激変する市販薬の最新成分と効能を薬剤師が解説。

久里建人

610910-2

●924円

陶芸は生きがいになる

そうだ、陶芸やろう！無趣味だった会社員がプロ陶芸家に。その経験と役立つ情報満載の1冊。

林寧彦

610911-9

●836円

人生は何度も
られた、いくつもの
とともに——。

神よ憐れみたまえ

小池真理子

昭和三十八年、三井三池炭鉱の爆発と国鉄事故が同日に発生。「魔の土曜日

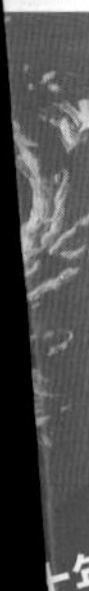

十年の歳月をかけて紡がれた別離と再生の長篇小説

私の…
塗り替え…
死と性…

十二歳の黒沢百々子は「…」と言われたその夜、なに不自由のない家庭に生まれ育ち、母ゆずりの美貌で音楽家をめざしていた百々子だが、事件は重く立ちはだかり、暗く歪んだ悪夢が待ち構えていた……。著者畢生の書下ろし巨篇。

▼6月24日発売◎2420円 978-4-10-409810-1

母が死んだ…
えた女が人生の最後に望んだ…

水よ踊れ

香港で建築学を学ぶ和志は恋人の死の謎を探るうち、民主化運動の渦に呑まれてゆく。自由を愛する人々に捧ぐ、いま読むべき青春巨編。

岩井圭也
6月17日発売
●2420円
354131-8

九十歳のラブレター

どんなに仲の良い夫婦でも、いつかどちらかが独り残される——。老学者が急逝した妻へ綴る惜別の賦。理想的な〈昭和の夫婦〉の物語。

加藤秀俊
6月24日発売
●1650円
354151-6

室町は今日もハードボイルド
日本中世のアナーキーな世界

「日本人は勤勉でおとなしい」は本当か？ 僧侶が武士を呪い殺し、農民は政界工作を企てる。荒ぶる中世人が私たちの常識を覆す。

清水克行
6月17日発売
●1540円
354161-5

…ドは978-4-10です。

コミック
発売中
山と食欲と私
信濃川日出雄
1〜13巻
各572円

文藝年鑑2021

日本文藝家協会編

'20年度の文芸の動きを回顧。雑誌掲載作品目録、訃報、文学賞、文化各界人最新名簿、同人雑誌一覧等を付した関係者必携の年鑑。

6月28日発売
●4840円
750047-2

■ご注文について

＊表示価格は消費税（10%）を含む定価です。

0

筆のかわりはできないと述べているが、もしかすると筆ペンの発明は『陰翳礼讃』に促されたかもしれないと思った。夜、懸垂をしたら、十回できるようになっていた。筋肉なんてちょろいもんだ。少しおだてれば、融通が利く。

青山七恵（小説家）

7月1日（水）

　昼前起床。大学のオンデマンド授業を一つ、アップロードする。また別の授業の資料の準備。夕方、散歩に出かける。雨と雨のあいだの曇り。強風。住宅街の小さな公園の、ガードレールの前に制服姿の女子高校生が六人、たまっている。ジャスティン・ビーバーの音楽を流しながら携帯をいじっていたり、コンパクトを片手にパフで顔を叩いていたり、その所在なさそうな感じが、いまやなんだか珍しく貴重に思われる。

　帰りにオオゼキに寄って、グリーンカレーの材料を買う。今日からレジ袋有料化。十一年前にこの日記企画に参加したとき、里芋の皮を剝きながら（自分は料理が嫌いなのかもしれない）と思った、と書いた記憶がある。帰宅し、大量のパクチーをしつこくみじん切りにしながらやっぱり、（自分は料理が嫌いなのかもしれない）と思っている。食後、台所の流しの下を整理。布巾とカビキラーがやたらと出てくる。

　土曜日に静岡で逃げ出したサーバルキャットが、今日も見つからない。

7月2日（木）

　夜中、寝かけたところで外でごおーっと音がし、地震がくるかと身構えたけれど、揺れなかった。隣のマンションの人がバイクで帰ってきたんだろうと思った。朝起きて、それは火球の音だったと知る。

授業の資料を取りに大学に行く。久々の電車で酔いそうだったので、スマートフォンも見ず本も読まずぼんやりする。二時間かけて到着。ロビーで同期の先生と出くわし、先生も授業製造マシーンになっていることを確認する。資料をカバンに入れて滞在時間十五分で引き返す。駅の下りの階段が辛い。膝が痛くてカニ歩きで降りる。十五時前に帰宅。疲れて立ち上がれず目をつむっていると、磯崎憲一郎さんからメールが届く。棋聖戦観戦エッセイの記事が添付されている。藤井七段の後ろに座る写真の磯崎さんは順番待ちの棋士のよう。疲労は気がそぞろなせいだと言われる。

7月3日（金）

引越しの見積もりが来るので部屋の掃除をする。たまった新聞を読む。引越し屋さん到着。玄関先で体にシュッシュと消毒スプレーを振りかけている。ちょっとだけ値段交渉して、安くしてもらえたので即決する。

小説の推敲をしようとするけれど集中できない。たまっている事務手紙を処理する。それから机の脇のキャビネットの整理をする。キャビネットからは未使用のメモ帳が無限に出てくる。自分で買ったのもあれば、もらったのもたくさん。どうしてわたしには、こんなにメモることがないのだろう。手紙を出しに行き、帰りに近所の猫を見にいく。猫いる。弱く撫でる。

夜、雨のなかうどんを食べにいく。

7月4日（土）

今日は休むと決める。ピザハットにピザを買いにいく。帰り道はものすごく早歩き。ピザを食べていると部屋のインターフォンが鳴る。大家さんかと思ったら、爽やかな若い男女。隣に引越してくるので、よろしくという挨拶だった。熨斗つきの、立派なおせんべいの箱までもらう。こんなお手本みたいな引越しの挨拶をされるのははじめてで感激する。

夜、都知事選の候補者の質疑応答をインターネットで見る。授業一つ作る。

7月5日（日）

十一時間寝る。ピザの残り食べる。都知事選の投票に行く。学校の体育館に土足で踏み込むことに毎度心が騒ぐ。家から鉛筆持参で行ったけれど、投票所には消毒済みの鉛筆がたくさん並べてあった。出るころには入口に行列ができていた。記載台が一つ置きなので、いつもより時間がかかるんだろう。帰り道、なんともいえない無力感に襲われる。選挙ブルー。毎回なる。

授業二つ作る。

7月6日（月）

昼、立ち話についてのエッセイのゲラを直して送る。その後、いま借りている部屋の不動産会社に出向き、解約の書類を書く。お世話になりましたと頭を下げて帰ろうとすると、「長い間ありがとうございました」とそこにいた三人の事務員さんが立ち上がって見送ってくれ、ほろりと来た。もう十一年も住んでいたのだ。

夕方、コンビニの駐車場で新居の鍵の受け渡し。その足で部屋を見に行く。ドアの鍵がうまく回せない。それだけでもう心もとない。がらんとした部屋の床に落ちている、植木鉢、十円玉、ねじ、ふせん、ゼムクリップ。慌ただしい引越しの雰囲気が残っている。帰ってきて、電気ガスの開通、水道の開通、ケーブルテレビの引越し手続きをする。

夜、小説書く。

7月7日（火）

七夕。曇り。数日続く豪雨で九州のあちこちで川が氾濫している。車体が半分浸かっていても車を運転している人がいて驚く。背の高い木の幹が水に浸かって、上の緑だけが小島のように浮かんでいる。東海地方に大雨注意報が出た。静岡のサーバルキャットはまだ見つかっていない。どこで雨をしのぐんだろう。泳げるのだろうか。小説を書く。

桐野夏生（小説家）

7月8日（水） 曇時々雨

犬の散歩の帰り、雨に濡れそぼつ都知事選のポスターを眺める。予想通り、小池百合子の圧勝。にしても、何とも盛り上がらない選挙だった。

午前十時、バレエに行く。レッスン後、先生がバーやスイッチパネル、ドアの取っ手などをアルコール消毒するのが当たり前になった。昼過ぎに帰宅。昼食後、週刊朝日のゲラを戻し、直木賞候補作『じんかん』を読んで過ごす。

7月9日（木） 曇時々雨

相変わらずの梅雨空。今日は午前中の用事がなく、しかも涼しいから、犬の散歩はいつもより遠出。帰宅後、『じんかん』の続きを読むも終わらず。中断して、放送文化基金のテレビドキュメンタリー部門の選考記と、記者会見用授賞理由を書いて入稿する。

夕方から雨がひどくなる。S氏の送別会で、南青山のレストランに出向く。久しぶりに街に出たが、コロナのせいか、雨のせいか、人出は少ない。夜、『じんかん』読了。

7月10日（金） 曇時々雨

午前中バレエを休んで、聖路加病院内科へ行く。半年前の予約だったので、前日に電話して予約を確かめざるを得なかった。それにしても、最近はあちこちが不調で、病院通いが当たり前になった。締切のストレスがすべての元凶かもしれない。長生きしたいのなら、作家をやめた方がいい。午後から、直木賞候補作『稚児桜』を読む。週刊朝日のゲラ戻しと執筆で夜までかかる。

7月11日（土） 曇時々雨

午前中バレエ。昼はバレエ仲間のおば様たちと、カフェでピザトーストを食べる。一人のおば様の猫が火曜に死んでしまったとか。その遺体を庭に埋めたと聞いて、びっくりする。すると四人のうち三人が、うちも庭に埋めている、と言うのでさらに驚く。よほど庭が広いのだろうか。我が家は、代々ペット霊園だ。

午後、『稚児桜』読了。残るは、あと一冊。夜は週刊朝日の原稿を書く。週刊誌の連載をやってると、背後からひたひたと締切が追ってくる感じで、振り向かずにいると不意打ちを喰らう。ちなみに、東京都のコロナ患者は、連日二百人越えである。これって、どうするの？

7月12日（日） 曇時々雨

東武伊勢崎線で、桐生市にある石内都さんのお宅に伺う。岩波書店から九月に出版される『日没』という小説のための、ポートレイト撮影だ。石内さんは、ポートレイトを撮ったことがないそうだが、無理にお願いしたら快諾してくださった。実に光栄。石内さんは、デジタルではなく、フィルムで撮る。あのフィルムに、我が姿が焼き付けられるのかと思うと、何だか懐かしくて胸が詰まる。

新桐生駅では、石内さんがヴィンテージのボルボでお迎えに来てくださった。四十年前の車で、ヘッドライトが丸い。何より、ボディのグリーンがとても美しい。どんなグリーンかと聞かれても、喩えようがない。どっかの国の納屋の屋根の色みたいだ。石内さんが市内でこの美しいボルボを見かけ、そのオーナーさんを紹介してもらったのだとか。つまり、車のナンパだ。

　石内邸は、女性の建築家になる建物で、庭を抱くような形の平屋建てだ。メキシコとかの砂漠にぽつんと建つ、女性アーティストのおうちみたいで素敵だ。部屋のあちこちにワニの小物が置いてある。石内さんは、ワニがお好きなんだそうな。あの形状だろうか。

　庭に真っ赤なカンナが咲いている。今朝、咲いたのだそう。『日没』の主人公の本名も「松重カンナ」だから、縁起がいい。撮影終了後、石内さんが作ってくださったつまみで、ワインがぶ飲み。泥酔して帰京した。何かご無礼はなかったか、と心配になる。

7月13日（月）　曇時々雨

　午前中、週刊朝日の原稿にかかりきり。昼過ぎに一話入稿する。その後は、直木賞候補作の読書。最後の一作を夜までに読み終わった。今年の選考会は長引きそうな予感がする。

7月14日（火）　雨

　この日記の期間中、ずっと雨だった。九州・中国地方は大雨被害がひどいらしい。線状降水帯なんて、知らない言葉もできた。いつから、こんな災害の多い国になったのか。異常気象で済まされることだろうか。毎年こうなんだから、何とかしたらどうだ。コロナといい、あまりに無策で呆れる。

　午前中バレエで、午後から、週刊朝日の原稿を執筆。明日は選考会だ。ああ、忙しい。こういうストレスが心臓によくないのだ。夕方、雨の中、車で買い物に出る。カーラジオから、山下達郎の歌が聞こえてくる。昔のことを思い出して、涙が出そうになった。ワイパー、カーラジオ、達郎。うわーと叫びたくなるほどの、醍醐味だ。

高山羽根子（小説家）

7月15日（水） 小雨

行き先は歩いて十五分くらいの場所だけど、手術後まもない犬を家に置いて出るのは気がひけた。それに、さすがにこの天気だと自転車に乗っては行きづらい。

芥川賞の選考会は、今回いつもより二時間ほど早く、昼下がりだった。こういうときふつうは、居酒屋とか食べ物屋さんでお酒なんかを飲みながら待つらしい（というか実際初めての時と二回目はそうして待った）。とはいえ時世的にそういうわけにもいかないので、どこかでお茶をしながらのんびり待とうと思っていた。「せっかくだから、おいしいお茶をしながら待ちましょうよ」と、ホテルのラウンジカフェを予約してくれたのは、「首里の馬」を雑誌に掲載していただいたときの担当編集の杉山さんだった。都庁のすぐ近くの建物で、広い窓からは雨で曇って上のほうが掠れている都庁の建物が見える。行くと杉山さんと書籍の編集の加藤木さんが待っていてくれた。もしダメだったとしても、おいしいお茶とケーキ食べて帰れればいいか。と思っていたのだけれど、いざ連絡を待ちながらだとおいしいことに間違いがないはずのケーキもサンドイッチもなんだかうまく喉を通らない。そんなつもりはないはずだったのに、やっぱり緊張していたのかもしれない。

電話が来たのは四時九分だった。こういうわけで、ああいうわけでと詳しいことを聞いたあとも緊張で味がよくわからず、おいしいはずのそれらをなんとなく残してしまったまま、会見場へむかった。タクシーに乗っている間、あちこちからラインが来る。こんなに知り合いいたっけ、とぼんやり思う。

ホテルに着くと、新潮編集長の矢野さんがもう先にいて、あまりにも嬉しそうにニコニコしていたので、うっかりアルコールでビショビショの手で握手をしてしまった。汗だと思われてたらどうしよう。会見は人同士がとても離れていて、少なく――といっても、例年のようすがどうなのかはよくわからないので、こういうものだと言われればなんの疑問も起きない。選考委員の方々もいらっしゃらなかったので、終わった後には特になんのご挨拶もなくハイヤーに乗せられて帰宅。

途中下北沢に立ち寄って、前二回のときに「落ちました!」と報告に行っていたB&Bのみなさんにご挨拶。とっても喜んでくれてありがたいなあと思う。大森望さんからはくり返し「明後日のラジオ収録、来るよね?」と念を押され続ける。ご挨拶と少しだけお話をして早々に帰宅。

犬は寝ていた。気づけばお腹がぺこぺこだった。

7月16日(木) 曇り

杉山さんにタクシーで家の前まで迎えに来てもらって、そのまま文藝春秋に。どうやらすべての受賞者がこの日にお伺いすることになっているらしい。エッセイ依頼や直筆原稿の提出、贈賞式の案内(当然ながら今回は会食はなく、招待状リストも通常とはちがうそう)もろもろの説明と、インタビュー二件と写真撮影。ヘアメイクさんにいろいろしていただく。数か月ずっと家にいずっぱりだったので、人との接し方も忘れていたし、お化粧をされるなんてもっとずっと遠い過去の話だった。本を書いた人間の顔なんて、みんな本当に見たいんだろうか、と、こういう撮影のたび毎回感じてしまう。

夕方喉が痛くなったのはウイルスのせいではなく、たぶん単純にしゃべりすぎたせいだ。一日数語しか言葉を発していなかったのに、ずっとしゃべりっぱなしだった。

終わった後、新潮社にお邪魔して、初めて編集部内に入れていただく。こういう場所で作られているんだ、と思うと同時に、楽しそうだな、とうらやましく感じる。大学のなにかのサークルの部室を思い出す。それか学生自治寮の、いちばんきれいな部屋。本は棚だけでなく、あちこちに積まれている。片付いていなくて、と言われながら、そういえば今の自分の作業場も散らかったままだと思い出した。

自分自身の問題と考えるとまだ全然ぴんと来ないけれど、皆さんがとても喜んでくれるたび、ああよかったな、と思う。自分はどちらかというとソウルレスなのかもしれない。

7月17日（金） 昼過ぎまで雨

午前中は自宅でオンラインのラジオ収録。ずっと前から予定されていた、台湾の本についてのお話が中心だった。Zoomの会話はあいづちの打ちかた、会話に入って行きかたがとても特殊で難しい。

午後は別のラジオ番組のスタジオ収録。大森望さんは創元SF短編賞の佳作に引っ掛けていただいたときからもう足を向けて寝ることのできない存在。呼び出されたなら行かねばならない（いや、それとは関係なくありがたい話ではあるけれど）。やっぱり一生懸命話す。そういえば以前、作家仲間に「高山さんは必死に考えて話すからかもしれないけれど、なんかしゃべっているときのようすがバタバタしている」と言われたことを思い出す。

やっぱりうまく話せない。喉がとてもくたびれた。

7月18日（土） 降ったり止んだり

数日前から、家にいる間はエッセイをひたすらずーっと書いていて、むしゃくしゃしてきたのでなにかおいしいものを食べようと考える。午後になって雨が止んだのを確認して自転車で新宿まで行き、かに道楽でかにを食べた。ランチだったからとんでもないお値段ではなかったけど、ここ数日あまりきちんとした食事をとっていなかったので、なんだか気持ちが豊かになる。
　エッセイは一日二、三本くらいのペースで書けば、早めの日程で終わらせられるかも。被らないように、どれも楽しく読んでいただけるようにしたいのはやまやまだけれど、どうにも似てしまいそうで怖い。ここ数日でどれだけ書くことがあるだろう。

7月19日（日） 晴れ

　実家の父母が家に来る。贈賞式に来たいか尋ねると、来たいと言う。今回はパーティとかがないから申し訳ないとだけ伝えておいて、招待状リストに加える。枠が少ないなかで行きたいと言ってくださる人が思ったより多くて、なんだか心苦しい。ろくなおもてなしもできないのに。私が悪いわけじゃないけど。

7月20日（月） 曇り

　家で書きもの。今回頼まれたエッセイや何やらに加え、この騒ぎとは関係なく普段受けている美術評やエッセイの連載、書評やコラム、短編小説の締め切りまでもがいつもより早く迫ってくるように感じる。招待リストだったり、お祝いのお礼だったり、パンクしそうになる。
　若いうちに受賞したかった、という気持ちはあまり持っていないとはいえ、この体力の無さを考えると、今から十年前に戻って、時間があるときに鼻歌交じりで呑気に書いていた自分を呼びつけて手伝わせたい。無理ならせめて、今のうちにもうちょっと体力つけろとアドバイスしたい（どうせ聞かない）。

7月21日（火） 小雨交じりの曇り

　新潮社の社内で十三時からの約束、電車リソースを私みたいなものが喰ってしまってはならないと思い、ここのところ都内は自転車で移動しているのだけれど、この数日雨が多いのでそれだけがネック。河田町あたりで道に迷った。矢来町はどっから行っても坂道なので大変だった。神楽坂っていう地名だから当然と言えば当然なのかもしれない。新潮社の社食に入れてもらう。焼きそばがとてもおいしかった。というか社員食堂というもの自体が久しぶりだった。最新の記憶だと学校で仕事したときの学食の経験くらいじゃないだろうか。

　これからラジオとかスタジオに伺うことが多くなる。編集者さんが同行してくださるのが申し訳ない、と思うのだけれど「こういう時は作家さんにいろいろ連れて行ってもらえて楽しいですよ」と杉山さんにお気遣いいただいた。でも、よく考えたらそもそも、高山をここまで連れてきたのは杉山さんやんけ、と思ったりなどする。

　数社の取材の合間に刷り上がった本にサイン。元々マイナーの中でも、さらにマイナー担当の書き手のため、そんなに刷っていいのか、そんなにサインしていいのかとはらはらする。今回は喉のほか腕も使いすぎたかもしれない。

　明日は犬の抜糸。朝早く犬を抱えて病院に行く予定。雨が降りませんように。

滝口悠生（小説家）

7月22日（水）

ゆうべ妻は地面に立つ大きな円柱を回転させる夢を見た。円柱は茶色と白の部分があり、その色を揃える任務。

　八時前起床。曇天。今日から一週間分の日記を頼まれたが、その間用事らしい用事がひとつもない。

朝食、麻婆豆腐をつくる。少し前にネットで見つけたレシピ。おいしくできた。辛い。今日は大暑と新聞に書いてあった。外は小雨になった。今年はまだ梅雨があけない。妻は少しだるく、ご飯のあと午前中は寝ていた。

前期だけ受け持っている大学の授業の提出物を読んでコメントを書く。オンライン授業になったので学生とは一度も顔を合わせないまま来週が最終回。受講生と福永信さんの短編を二か月かけて読んだ。来週は福永さんにZoomで登壇してもらう。福永さんに事務的なあれこれをメール。午後、少しだけ晴れ間が出た。蟬が一匹だけ鳴いていた。西武はロッテに負けた。

政府は来月一日からの大規模イベントの人数制限緩和の先送りを決定。明日から四連休。GoToトラベルキャンペーンはここ数日でいろいろ制限が設けられたがキャンペーン自体は決行されるよう。東京都民は対象外。小池さんは外出を控えろと呼びかけている。今日は全国の新規感染者数が最多を更新（七九五人。これまでは四月十一日の六九四人）。

夜のNHKのニュースは「ウィズコロナでオリンピック」と銘打って来年の開催時に向けた競技会場の感染防止策などを紹介していた。

7月23日（木）

結構ヘヴィな、戦争か殺戮的なことが間近に迫っている夢を見た。

七時半起床。朝、生姜ご飯、オクラと玉ねぎと卵の味噌汁。焼いた鶏肉。今日も雨。家の隣に小学校があり、連休なので子どもはいないが、ベランダから見える校舎脇にはひとりひと鉢ずつ育てた朝顔かなにかがまだたくさん並んでいる。例年ならもう夏休みだろうが、今年はまだっぽい。

雨のやみ間に、家から四番目に遠いがいちばん好きなスーパーまで歩いて買い物に行く。片道二十分。ついでに妻にATMでの振込を頼まれる。すあまが食べたい、とも。

　妻は妊娠中である。つわりはそこまでひどくなかったが、やたらと辛いものを欲したり（昨日の麻婆豆腐もそう）、すあまとかアメリカンチェリーとかピンポイントで食べたくなるものがある。

　途中線路沿いの道を通ると、線路に生えた草の掃除をしていた。地面も草も濡れていて、横を歩くと強い草のにおいがした。スーパーでパックの木綿豆腐を落としてしまった。ビニールの蓋が破れて床に水がこぼれた。店員さんに伝えて謝ると、商品を引き取って新しいのと取り替えてくれた。代わりの分はすでに取ってあったので予定より豆腐がひとつ多くなった。口調も振る舞いも優しい店員さんだった。口調は丁寧でも挙動に裏腹の感情が表れてしまう、そういうことは誰にもあるが、その店員さんはそうじゃなかった。すあまは置いてますかと訊くと、すあまはなかった。帰り道また雨が降ってきた。家に戻って荷物を降ろし、振込を忘れていたことに気づき、また出て、ＡＴＭで振込、ついでに近所の和菓子屋を二軒とコンビニも回ってみたがやはりすあまはなかった。和菓子屋のおじさんが近いものでは水まんじゅうかわらびもちだろうということでそれらと、どら焼きなども買って帰る。昼寝。夕方から『新潮』連載の原稿。

　西武はロッテに勝ち。私はあまり誰かに顔が似ているとか言われないし自分でも思わないが、今年の西武で売り出し中の川越誠司選手は似ていると思う。試合中に川越が映ると自分が映っているようで一瞬どきっとする。川越は投手としてプロ入りしたが四年目の二〇一九年から野手に転向し、今年は飛躍が期待される。今日はその川越がプロ入り初ホームランを打った。そして先発した與座（よざ）海人投手もプロ入り初勝利を挙げた。與座もプロ入り後すぐ右肘の故障のため手術を受け、一度は支配下登録を外れるなどした苦労人である。

東京都の新規感染者数が三六六人で一日の感染者数の過去最多を記録。これまでの最多は今月十七日の二九三人。新規感染者数だけ見ていてもしょうがないというが、報道で最多とか言っていると反応してしまう。

夜、雨がやむ。もう暗いのに蟬が鳴いていた。連日雨ばかりだから、夜だろうと雨がやんだら鳴かねば損だ。

7月24日（金）

八時起床。野菜スープ、昨日買ったサンドイッチ。

妻は食事はとれるが、だるさと気持ち悪さがあって午前中は寝ていた。先々週の健診で二週間は安静に寝ておけと言われたが仕事もあるしそうもいかない。昼過ぎに職場へ出かけていった。

日中小雨。午後原稿。夜、雨やんだので近所の公園を歩く。今日は見慣れない犬が多かった。ピンクと黄色の雨合羽を着た柴犬。芝生にスクリーンを張って映画を映して真剣に観ている若者のグループ。西武はロッテにサヨナラ勝ち。源田（げんだ）、森、外崎（とのさき）。

妻、遅くにタクシーで帰宅。お腹が少し痛い。日によって痛みや違和感のある場所が少しずつ違う。いまが十一週で、まだいわゆる安定期ではなく、だから無理をせず安静にしておきたいのだが、安定期でないということは流産などの可能性も高いということで、だから仕事相手などにも伝えにくく、すると休みや予定の変更とかも言い出しにくい、という不安定な時期ほど事情を通わせにくいという問題を当事者になってみて初めて知った。うちは妻も私もフリーランスだが、フリーランスにも仕事相手はいるのでそう自由にはいかない。妻は仕事場では調子がよくなるが、夜とか翌日に反動がきてお腹が痛くなったりする。

九州でまた雨、避難の呼びかけ。医師による難病患者の嘱託殺人の報道。新聞で香港の選挙の記事。香港のネットのニュース記事が目に触れる機会は国家安全維持法の施行以降ぐっと減った。アメリカと中国がそれぞれ互いの領事館を閉鎖。当初の予定では今日が東京オリンピックの開会式だったそう。東京都は警察を伴い新宿の飲食店の感染防止策を見まわり。

7月25日（土）

七時半起床。妻、具合悪く寝ている。起きるのを待って、ゴーヤチャンプルとなめこ汁、朝食。

今日も外で打ち合わせがあり、妻は昼過ぎに出。短時間で終わると言っていたが夕方になっても帰ってこないので心配になる。野球を観ながら豚汁をつくり。妻、七時過ぎに帰り。打ち合わせが長引いた。豚汁、豆腐、朝の残りのゴーヤ。二十時頃、外で花火の音。雨は降ったりやんだり。やみ間を惜しむように蝉。妻は早く寝。西武は負け。

夜、『新潮』連載原稿。連載の「全然」は一年前に書きはじめたが、東京オリンピック開催中の二〇二〇年夏の場面から書きはじめたら書いてるうちに現実が乖離してきて困っている。明け方まで。

7月26日（日）

十時過ぎに起き。妻が朝食の支度をしてくれていた。昨日の豚汁と納豆、ご飯。

久しぶりに晴れ。暑くなりそうと思ったが午後になると曇ってまた雨。「全然」原稿続き。妻がUber Eatsでピザを頼んだのを食べ。今日は少し体調がよいそう。十五時過ぎ、原稿送稿。その後『文學界』のゲラ戻し。西武は勝ち。梅雨はまだあけない。夏になると毎晩玄関のガラスのところにヤモリが来る。家の内から白い腹が見える。手がかわいい。仕事をしている部屋の窓は夜になると灯りめがけてカナブンなどがぶつかってくる。相模原の障害者施設殺傷事件の日。

7月27日（月）

七時半起床。健診の日。妻、九時過ぎに出、途中まで見送り。曇天。感染防止のために基本的に妊婦ひとりでの来院が求められていて付き添いができない。

　家の掃除、片づけ。妻から連絡あり、お腹の様子はいくらかよくなったが引き続き安静にとのこと。駅まで妻のパソコンの入ったバッグを持っていき、改札で手渡す。妻は仕事場へ。買い物をして帰り道小雨。掃除の続き、大学の授業の準備。残りものを温めて昼。妻、夕方に帰り。入院中だった妻の祖母が明日退院して実家の近くのグループホームに移れることになった。一時は危ない状態だったのでよかった。祖母は九十四歳。

　官房長官が会見で「ワーケーション」というのを提唱しているのを見る。バケーション先で仕事をするというものだそう。米中の緊張。香港の選挙延期。

7月28日（火）

　八時起床。曇り。昨日実家の母親が赤飯を炊いたのを送ってくれたのでその赤飯、豚汁、卵焼き、ウインナーで朝食。この春に父親がなくなったので母親はひとり暮らしになった。洗濯物を干していたら赤い細いとんぼがいて、赤とんぼではないと思うのでなんというとんぼかあとで調べようと思ってそのまま忘れた。妻、仕事場へ。妻が注文した安心マタニティブックという本が届いたので読む。妊娠中の胎児の一日ごとの成長などが記されている。昨日も今日も小学校には子どもがいて、いつから夏休みなのか気になる。うちからは校舎の窓も見え、最近廊下に掲示してある黒い用紙に描かれた子どもの絵が、遠目からはとてもよさげなので近くまで見に行きたいのだが関係者以外は校内に入れない。ので、家から眺める。買い物で外に出たついでに学校の門の横の掲示板を確認すると終業式は七月三十一日だった。

　明日の福永さんを招いての授業の準備。夜、カレーをつくる。妻、十時頃帰り。

　今日の全国の新規感染者数は九九五人でまた最多を更新。西武は負け。梅雨はまだあけない。

小川洋子（小説家）

7月29日（水）

リモート取材。リモートって一体何なんだ、と誰かに詰め寄りたい気もするが、やるしかない。ええ、もうこういうやり方、十年も前から知っていましたよ、という顔をして画面に向かってべらべら答える。方法がどうであろうと、取材のあとは沈んだ気分になる。喋りすぎなのだ。立場上、相手は私に質問し、親切にうなずいてもくれるが、だからと言って調子に乗り、聞かれもしないことまで張り切って喋るのは愚かすぎる。さぞかし相手をうんざりさせたに違いない。それに引き換え、仕事部屋の窓の向こうに植わっているミモザの樹は立派だ。彼女は年に数日、小さな黄色い花を咲かせる以外、特別目立とうともせず、不平も不安も口にせず、黙ってただそこに立っている。無言でいることと、小説を書くことは、矛盾しない。

7月30日（木）

一歩も外へ出ない。

〝お席をご用意することができませんでした〟というメールが届く。来月、帝劇で行われる公演の先行予約抽選に、申し込んでいたのだ。第一希望から第三希望まで、全滅だった。これまでにも、さまざまな抽選に挑戦したが、一度として当選したためしがない。

どんなにたくさんの椅子が並んでいようと、私のための場所はどこにもない。そこに座ってもよい人々は皆、朗らかで、悠々として、自信満々だ。私一人、うつむいて、こそこそしている。それでもまだ何かの手違いで、実はご用意ができているのではないか、という希望にすがり、暗がりの中、番号を一つ一つ確かめている。しかし、自分に許された椅子を見つけることはかなわない。

お席をご用意することができませんでした。

呪文のようにこの一行を暗唱する。

7月31日（金）

家の前の坂道で、少年が一人、ラグビーボールを抱え、歯が一本しかない下駄を履いてダッシュしている。十二年前に引っ越してきた時、確か幼稚園児だった隣の男の子が、いつの間にか立派なラガーマンになっている。犬を散歩させていると駆け寄ってきて、「何歳？　撫でてもいい？」と言いながら、怖がりもせず、ラブラドールの首に抱きついてきた。それが今では、さっと私に道を譲り、礼儀正しく目礼してくれる。鍛え上げられた両腕で、大切な赤ん坊を守るように、ラグビーボールを抱いている。どうしてこんなにも素晴らしい変化が、あっという間に起こるのか、不思議に思う。

8月1日（土）

福井晶一のファンクラブの会費を送金する。最後に彼の舞台を観たのは、三月。日生劇場での『ホイッスル・ダウン・ザ・ウィンド～汚れなき瞳～』だった。キリストの生まれ変わりを信じる子どもたちと、脱獄犯を捕えようとする大人たちの歌が重なり合い、不協和音となり、とうとうすべてが火事で焼け落ちたラスト、混沌の中に福井晶一演じる父親の歌声が響き渡る。すがりつきたくなるようなその深い響きが、今も忘れられない。

名前を持たない、キリストでもあり殺人犯でもある男を演じた三浦春馬は、七月、死んでしまった。

8月2日（日）

一歩も外へ出ない。

8月3日（月）

歯科医院へ行く。受付の女性が、見習の人を厳しく指導している。予約の取り方や薬の説明についてマニュアルがあるらしく、それを読ませているのだが、助詞一つでも間違えると、不機嫌極まりない表情で舌打ちし、最初からやり直させる。見習の人は怖がっていっそう萎縮し、声が裏返ったり、どもったりして、何でもないところでまた間違える。

人が怒られているのを見るのは辛い。自分が怒られるのと全く同じ、いや、それ以上かもしれない。本当に罰を受けるべきは自分なのに、今、見知らぬ誰かが身代わりになっている。自分が犯した罪と、他人にそれを背負わせている罪。私は二重の悪人だ。

「ごめんなさい。許して下さい」

いつ二人の間に割り込んで、正直に告白しようか、私はタイミングを計る。今か？　今ならまだ間に合うか？　見習の人が再び間違える。舌打ちはどんどん憎しみを帯びてくる。動悸が激しくなる。私は決心し、立ち上がろうとする。その時、私の名前が呼ばれる。

8月4日（火）

『ジョゼフ・コーネル　箱の中のユートピア』（デボラ・ソロモン）を読み返す。

〝彼は、死者とならうまくやれた〟

〝彼は子どもたちを世界の王者と見なした〟

〝コーネルは無垢に興奮した〟

手作りの箱の中に、見捨てられた世界の欠片を匿（かくま）ったコーネル。コーネルの箱に閉じ込められた死者が味わうのは、陶酔だろうか、それとも絶望だろうか。どちらでも同じだ。

坂本慎太郎（ミュージシャン）

8月5日（水）

正午起床。15年以上飼っているクサガメが卵を産んでいた。毎年この時期に何度か卵を産んでは端から自分で全部食べてしまう。最初に卵を産んだ時はビックリした。このカメがメスだったということと、カメは交尾しなくても卵を産むということを学んだ。無精卵ってやつなのだろうか？　食べられる前に卵を保護したとしても孵化しないということなのか？　ちょっと調べれば分かるのだろうが調べていない。とりあえず水換え。昼食はベーコンとナスのパスタ自炊。15:00某スタジオでアヤちゃん菅沼くんと週に1度のバンド練習。コロナでライブの予定は全部消えたが、来週新曲4曲を録音するのだ。18:00終了。一旦機材を家に置きに帰り渋谷へ。久しぶりに来た渋谷駅周辺は再開発されてなんだかめっちゃくちゃな街になっていた。渋谷から歩いて代官山へ。Kちゃん、Pちゃん、Mにゃんと合流。Kちゃんの友達の写真展へ。ベルリンがテーマのかっこいい写真展だった。その後スペイン料理店「サルイアモール」で食事をしながら楽しい時間。初めて来たがすごくいい店だった。今週からまたコロナで飲食店は22時までの営業とのこと。おとなしく帰る。依頼された歌詞を考えようと思ったが挫折。いつものように飲みながらどうでもいいYouTube。東京コロナ263人。

8月6日（木）

珍しくほとんど眠れず、ベッドの中で昨日送られて来たメルマガ「ROADSIDERS' weekly」を読む。フィリピンパブの話が良かった。興味がなかったものに自分の意思とは関係なくハマっていくことに昔から憧れがある。はたしてこの先自分の人生でそういうことが起こるのだろうか？　ホストの話も良かった。その記事を書いたシブヤメグミという人は「捨てられないTシャツ」Instagramのデヴィッド・ボウイの話を投稿した人らしい。何年か前にたまたま読んだこのボウイTシャツ話には本当に感動してボロ泣きしてしまった。原爆の日。めちゃくちゃ暑い。昼食は冷蔵庫にあった刺身の残りで手巻き寿司。13:00家の壊れていたエアコンの取り替え工事。エアコン2台取り付けで大出費だがしょうがない。電気屋さん暑い中ありがとうございます。工事の間依頼されていたプレイリストを作ったりメールインタビューに答えたり。夕食自炊。仮眠。そのあと朝まで作業。作詞は保留。東京コロナ360人。AM5:00就寝。

8月7日（金）

正午起床。昼食は素麵。その後作業。歌詞は歌いだしの4行ができたところで保留。夕方歩いて中野の「ディスクユニオン」へ。取り寄せしていたウルグアイのバンド、Los Shakers「Shakers For You」のレコードを買う。このアルバムは十五年以上前にIさんから教えてもらってずっと探していたのだが、今回やっと再発されたのだ。「Never Never」という曲がとにかく本当に大好き。そのまま歩いて高円寺「UPTOWN RECORDS」へ。試聴して2枚購入。あまりにも暑いので「紅い花」で小休止。店主のKさんと喋って瓶ビール1本だけ飲む。その後「LOS APSON?」でCD1枚買って帰る。夕食自炊。今日買ったレコードを聴きながら仮眠。その後朝まで作業。寝る前にYouTubeのおすすめに上がってきた「2020年ラッキーな誕生日ランキング」みたいな動画を見たら、自分の誕生日（9／9）が366日中1位でびっくりした。今のところ今年は最悪なのだが、残りの5ヶ月弱で何かいいことがあるのだろうか？　おかしい。東京コロナ462人。AM5:00就寝。

8月8日（土）

正午起床。昼食は新中野「四国屋」でうどん。その後奥沢の「VIVA」へ。Mくんの誕生日プレゼントを買った。偶然店に来たOくん、Aちょ、Hくんと久しぶりに会えて近況報告色々。18:30Mくん、Yさん、Bちゃんと阿佐ヶ谷の寿司屋「大入」でMくんの誕生日会。巻き寿司が美味しかった。22時解散。帰宅後朝まで作業。東京コロナ４２９人。AM5:00就寝。

8月9日（日）

正午起床。昼食はハラミ自炊。市ヶ谷の浄栄寺へ墓参り。新宿「ビックカメラ」で電気スタンド購入。夕食自炊。仮眠。その後朝まで作業。東京コロナ３３１人。AM5:00就寝。

8月10日（月）

正午起床。昼食はソバ自炊。作業。夕方散歩。夕食は「王将」の持ち帰り餃子。仮眠。朝まで作業。東京コロナ１９７人。AM5:00就寝。

8月11日（火）

正午起床。昼食はタラコパスタ自炊。カメの甲羅をタワシでこすっていたら爪で引っ掻かれて手が切れた。作業。夕方東高円寺「グラスルーツ」へ。

お客は誰もいなかったので、明日のＦＭ京都の同録を店主のＱくんと聴きながらビール２杯。夕食はトマトパスタ自炊。昼もパスタを食べたの忘れていた。仮眠。朝まで作業。東京コロナ１８８人。AM5:00就寝。

千葉雅也（哲学者・小説家）

8月12日（水）

昼過ぎの新幹線で今年の盆も宇都宮へ。

昨日、姪っ子へのお土産は図鑑にしようと考え、児童書コーナーに行った。僕は小さい頃海の生き物が好きだったので、海の図鑑にしよう、というのは自分の好みを押しつけることかもしれないが、子供が育つ過程には周りからの偶然的な圧力があっていいと思う。それに「背を預ける」ことで、意志が育っていくはず

コーヒーになに
入れたンですッ!?

の足し算
電車の速度
（時速 100km）
光では，速度の足し算
ほぼ光速（中間子の速度）
光速の約２倍
するボールの速度
地上の観測者

なのだ。

『外来生物』という図鑑があった。帯に「外国から危ない生き物がやってきた！」とある。イデオロギー的に問題じゃないのだろうか、これ。

結局、学研の『はっけんずかん』、「うみ」と「どうぶつ」にした。

外がお湯のようだ。この数日、夏バテを初めて実感している。熱中症という言葉がいつの間にか普通になった。昔は日射病と言っていた。

新大阪駅は閑散としている。タクシー乗り場もガラガラ。とりあえずカフェ。遠くに出かける前のアイスコーヒーはいつも素晴らしい。東海道新幹線はガラガラ、東北新幹線もガラガラで、夕方に宇都宮着。父が車で迎えに来てくれた。

妹の家族が先に来ている。姪っ子は初め警戒して、僕の様子を遠くから眉をへの字にして眺めている。両親、妹、妹の夫、小さな子供、と五人もの人間が互いの動きを見て動いており、というのは当たり前だが、普段一人でいるのでその状況は複雑すぎて、さっそく疲れてしまう。図鑑を見せるのはもうちょっと慣れてからだろう。

夕食はヒレ肉のステーキで、とても柔らかくて良いお肉だった。バター醤油の味がまさしく記憶にある実家の味だった。優しく丸っこい、包み込むような乳脂肪の味。

8月13日（木）

目が覚めたタイミングで姪と妹が起きていて、教育番組を観ていた。体操をするお兄さんの何も内側を見せまいとする人工的な表情を見て、この人は本当はどういう人なんだろうと思う。平和であろうとする共同性においては、皆が多かれ少なかれ体操のお兄さんのような顔をしている。今この空間でも。

朝食はシャケだった。もう少しで食べ終えるところでトイレに立って、戻ってみたら父が食卓をすっかり片付けて洗い物をしていた。シャケがまだもう少し残っていたはずで、他のものもどこまで食べたか覚えていない。落ち着かないので、鍋に残っていた味噌汁をもう一杯飲んだ。

姪っ子に図鑑をプレゼントした。大きな包みを渡すと驚いて目を見開き、嬉しそうに開封する。ほら、お魚だよ、などと開いて見せようとするが、少し見てすぐ母親に抱きついてしまう。落ち着かないのだろう。帰ってから見るよ、と彼女は言う。

小さな子供は何かに惹きつけられてはすぐ飽きるので、親は次々に新しい刺激を用意する。次はYouTubeでおもちゃで遊んでいる動画。これももちろん商売だ。すごい再生数なのだろう。子育てのニーズは確実なニーズだから。この子もおもちゃ動画が大好きだが、そのYouTuberはお金が大好きなのだ。顔が見えない手がふわふわしたおもちゃを弄ぶ様子は、不気味な不審者の手のようにも思える。

昼前に、日光宇都宮道路で日光へ向かう。一時間ほど。日光駅前を通り、さらに高地へと向かう。お気に入りの「山のレストラン」に到着。手堅い洋食が食べられる店で、立地がすばらしい。テラスの前には森の緑が迫り、薄くかかる靄の向こうには滝が見える。ラッキーなことにそのテラスの席を取れた。まずはビール、次に白ワイン。舞茸のポタージュと鱒のチーズ焼き。皆が驚いたことに姪っ子はまったく騒がず、妹に補助されてフライドポテトを食べていた。どうも場の空気を読んでいるらしいと妹は言う。

8月14日（金）

起床するともうテレビでは子供番組で、永遠に続く子供番組の世界に閉じ込められているみたいで、頭が変になりそう。そのあと、コロナ対策を説明する小池百合子が映り、姪っ子は指差してかわいい、かわいいと言った。

介護ホームにいる祖母は、感染予防のために外泊を禁じられている。認知症が始まったらしく、夜中に誰かが物を盗むと言っている。典型的な妄想だ。自分自身をコントロールできなくなり、「自分が失われていく」のをそのままは認められないから、「何かモノが失われる＝盗まれる」という形で外部に投射するのだろう。

午前十時に祖母の家へ移動。祖母は自分の家に帰れない。車の中で左目のまぶたに少し痛みを感じる。ものもらいだろうか。薬局に寄って抗菌剤を買う。

祖父が亡くなり、祖母がホームに移ってからこの家は普段は空っぽで、僕の両親と叔母がときどき手入れをしている。ごく狭い土地で、なんとか車も置ける古い木造の二階建て。両親と父方の祖父母が破産した後、祖父母はしばらく貸家に住んでいたが、持ち家がないことに耐えられなくなり、息子夫婦には黙ってこの安い家を買ったのだった。両親の方は今でも賃貸なので、僕が生まれ育った家の「系譜」は、このボロ屋が継いでいることになる。このボロ屋には、破産以前の、さらには子供の頃の記憶が転移している。祖母が亡くなればここは処分される。そのときには「系譜」は絶えるわけだ。

僕は父方の従兄弟と仲がよく、毎年お盆にここで会うのを楽しみにしている。先に従兄弟が叔母、叔父と三人で神奈川から来ていた。犬も連れてきている。この犬も年寄りになった。玄関をその居場所にしていて、そこには獣の臭いが充満している。我々人間は縁側から出入りする。

タバコは換気扇で吸うらしいよ、と従兄弟に言われる。叔母がそう決めたのだろうか。コンロのすぐ脇に、青いプロペラがそのまま露出した懐しい形の換気扇があって、油が染み込んだ重たい紐を引っぱった。だが僕はテーブルへ行って吸う。ここは昭和だ、と僕は言う。

昼は皆で車に乗って近くのファミレスへ行き、僕はカラスミのパスタを食べた。

　午後は、温室のように熱せられた二階の和室で、冷房を最強にして、従兄弟と二人で寝そべっていた。古い歌が聞こえてくる。従兄弟がスマホから流している。美空ひばりだった。次にハワイ風の甘ったるい曲になる。配信が解禁されたばかりの加山雄三。

8月15日（土）

　朝起きて台所に一人でいると、静かな時間がある。喪の時間だと思う。

　僕の実家ではコミュニケーションをつねに意識させられるが、従兄弟の家族はもっとラクだ。彼らはどこかバラバラで、いまいち噛み合っておらず、その中に混じっていても一人でいられる。トイレに入ると、近所からラジオ体操の音が聞こえる。

　昼は、熟成肉を売りにしているステーキ屋に行ったが、熟成のためなのか、苦手な臭みを感じて、一口食べてこれは食べられないかもしれないと緊張が高まる。従兄弟も叔母夫婦も美味しいと食べている。コショウをかけることにした。ミルをぐりぐり回して表面に敷き詰めるようにかける。そうすると、まだ少し気になるが、複雑で深みがあるような味に変わり、結局最後まで食べられた。昔のヨーロッパならコショウは、ごく実用的に、臭み消しとして使われていたわけである。

　午後は従兄弟としゃべっていた。夕方には雷が来た。バラバラと夕立が来た。そのタイミングでシャンパンで乾杯した。叔母の家のバジルで作ったジェノベーゼソースのリガトーニ、それにカプレーゼ。食べてしゃべる、それだけの二日間だ。

　夕食の後は縁側で従兄弟と花火をした。花火なんていつぶりだろうか。まっすぐに噴き出すもの。バチバチと弾けるようなもの。そして最後に線香花火で、ごく小さな範囲に網を投げかけるみたいに、オレンジ色の複雑な線がフラッシュする。神経系に見える。ごく小さな思考が発動するときに、脳の中ではこんなふうに電気が走るのだろうか。

8月16日（日）

最終日。起きて一服してからシャワー。午前中に両親が迎えに来たが、疲れが出たのか、体調が悪い感じがする。気力がなく、しゃべるのがだるい。ものもらいは治った。

夜の切符を買ってあったが、帰るのを早めたい。一応盆なのでと思い、早く空席を確認すべきだから、実家まで戻る途中で宇都宮駅に寄ってもらった。結果としてはガラガラで、昼食後にちょうどいい時間で取り直すことができた。

昼は、子供の頃から通っている定番の中華料理店、駅東にある山泉楼で名物のタンメンを食べた。白菜の出汁のやさしい味。それと唐揚げ。この唐揚げもここの味だとわかるよねと家族で言い合う。たぶん肉を紹興酒に漬けている。その後帰った。グリーン車はガラガラだったが、全車両ガラガラの様子だった。

8月17日（月）

朝はいつもの喫茶店でモーニング。仕事がはかどる。やはり休みを取るのは大事。だが休みというより、疲れる人間関係にわざと浸かりに行っていて、それはサウナに似ている。そのあとで心身を冷やすと、不思議と元気になっている。

七月に親知らずの抜歯をした後、痛みがなくなるまで控えていた筋トレを再開。とりあえず軽めに。背中を中心に上半身全体。夏バテ気味だから無理しないように。胃がちょっと痛いのはお盆で食い過ぎだったたから。ガスターを飲む。

三八度というのは尋常じゃない暑さだ。

夜は寿司屋で刺身をつまみながらビールを飲んだ。帰ってから、なんとなく思い立って抽象的な形態のスケッチを描いた。次に「杉の木」の絵を鉛筆と赤ボールペンで描いた。長らく休眠状態だった美術の感覚をリブートしようとしている。

8月18日（火）

昨日よりは気温がマシかもしれない。蟬が鳴き止んでしまった。

小説の作業。どんどん下書きをする。そこから煮詰めていけばいい。まず量を出してしまう。だんだんモザイクを細くしていく。「モザイク書き」と呼ぼう。

八〇年代に日比野克彦がデザインしたクッキーか何かの缶に、幼稚園の頃、僕はすごく影響を受け、真似して工作をしたりしたのだが、その話を高校時代の美術の先生にしたら、それを先生も持っておりまだ保存しているとのことで、送ってくださった。自分の造形感覚の根本にあるオブジェだ。これは僕が持っていたものと正確には同じものではないはずで、いくつかバリエーションがあったようだが、これはこれで記憶の奥底に触れるものがある。

八〇年代の消費社会的アートに対するなんやかんやはあるわけだが、でもそれが自分のベースにあることは確かなわけで、引き受けるしかない。

と、その缶の写真をツイッターに上げたら、そのときちょうど妹が見ていたようで、これじゃない？　と別のものの写真をＬＩＮＥで送ってきた。それはカバンの形のもので、取っ手がついている。そう、これだ。こっちだ！　これが幼稚園の頃から家にあった。妹がずっと画材入れにしていたという。いつかの時点で妹に譲ったようなのだが、覚えていない。そのまま使ってて、と伝えた。

そうするとあの日比野の缶のイメージは、妹の家で、姪っ子にも継承されることになるのだろうか。

塩田千春（美術家）

8月19日（水）

朝5時半に目が覚める。昨日医者に言われたことが頭を過ぎる。

「ここまで進行していたら、もう人工股関節を入れるしかないです。ここにある黒い穴、さくらんぼの種くらいですが、骨嚢胞と言って骨の中に空洞ができています」

頑張っているのになぁ。ベルリンに非常事態宣言が出された3月22日以降、自宅に籠ることが多くなり、その頃から股関節の痛みが増してきた。コロナ禍で病院に行きたくなかったが、痛みなしでは歩けなくなったので行ってみた。

医者曰く、股関節の軟骨がないのは生まれつきらしい。でも今までベルリンマラソンで42キロ完走したり、作品の設置作業でスルスルとサルのようにタワーに登り、高所作業も平気でしていたのに。

7時半にプールに行く。いくら泳いでも痛みがないので1キロ泳ぐ。辛くて、また手術をするのが嫌で、こういう自分が嫌いで、息を止めて思いっきり泳ぐ。急に息継ぎをしたので水を飲み、むせてしまう。立ち止まった瞬間に涙が止まらなくなった。プールの中で泣く。泣いて顔がくしゃくしゃになっても誰も気づかない。涙はプール一面に広がって溢れている。プール一杯分の涙を流す。

8月20日（木）

朝、ダンサーのゆうこさんの誘いでトレーニング。人工股関節の話をすると「絶対に自分で治せるはず」と勇気をくれる。「でも昨日の医者、セカンドオピニオンなんだよ……」と言って、彼女の言葉を否定する自分がいる。絶対に治るって言われて嬉しいのに、なんで悲観的になってしまうのか。１００回大丈夫だよって聞きたい、言われたい。でもそんなことに付き合ってくれる人なんていないから、自分でしっかりしなきゃ、と反省する。

帰ってきて、10時に朝ごはん。玄米、野菜、納豆を食べる。病気になるといつも急に健康食に変わる。

昼から絵を描く。一気に進む。描きかけの絵を一度に並べて、思いを込めて仕上げていく。筆はどんどん進んで、気がついたら22枚も描いていた。

夜の22時。まだ描ける。眠くない。もう少し続けるか考えたが、結局家のことをして夜1時に寝る。

8月21日（金）

目覚ましの音で7時に起きる。本当にできているか、全て駄作だったらどうしようと不安になりながら、昨日描いた絵を見に行く。

思ったより悪くなかった。気になった所を直しながら、また4枚仕上げる。昨日いいと思った線が、今日は違って見える。昨日の感情はもう二度と帰ってこない。

全部で26枚。全て完成のような完成でないような感じなので、とりあえず並べて置き、眺めることにする。

プールに行く。水の中で呼吸の音を聞く。私の肺は大丈夫かな。肺にウイルスが入るってどういう感じだろう。呼吸を聞きながら1キロ泳ぐ。

水の中だとバタ足をしても股関節は痛くない。自分が魚になった感じ。太陽の光が水の中に広がる。キラキラ光る水の中で31の脊髄はかつて魚であった私の原始脳を蘇らせる。気持ちがいい。

13時にケーニッヒギャラリーで打ち合わせ。来年の個展の作品を会場で考える。教会を改装したので天井は高いし馬鹿でかい。途中、知子ちゃん参加。彼女はもう20年以上、作品を手伝ってくれている友達でスタッフでミュージシャンだ。お互いにいい歳なのに、私は知子ちゃんと呼んで彼女はチャーちゃんと呼ぶ。

この日ベルリンは気温36度。暑いのでカフェに行く。「3月からもうすでに展覧会が8個無くなったわ」と私が言う。そして予定しているベトナムとニュージーランドの個展の話になる。「でもなんでベトナムはやる気があるのにニュージーランドは気が乗らないの?」と知子ちゃんが聞く。「だってニュージーランドまで遠いし、ガン2回もしているし、卵巣も子宮も腹膜も取って、抗がん剤治療もしてるし」と私。

「もう、言わんでいい」って言われるが、続けてしまう。「ここから1万8千キロ離れたニュージーランドに行く気しないよ。私なんて一番コロナにかかりやすいじゃん。今、股関節が悪いのもあるけど、コロナにかかるのが怖くて毎朝プールに行って1キロ泳いでるの」

ニュージーランドでコロナにかかるんだったら、ベルリンでかかりたい。ドイツは医療もしっかりしてるし、家族もいるし。でもベルリンでは死にたくないなぁ。

どこで死にたいかなんて分かんないよね。どこに行っても根無草みたいな感じでさ、と二人で話す。

8月22日（土）

7時に起きる。外は雨。昨日あんなに暑かったのに今日は肌寒い。いつも行くプールは野外なので今日は諦める。昨日、コロナが怖くてプールに行ってるって言ったけど、そんなの思ったことないのに。どうしてそんなふうに言ってしまうのかな、と考える。

玄米、サラダ、目玉焼きを食べる。

絵を仕上げようと思いつつ、何もする気が起こらない。あの日、どうして突然あれだけの絵が描けたのか分からない。あのまま毎日20枚も描けたら、素晴らしいのに……。

　雨音を聞きながら、宮本輝の『流転の海』第9部『野の春』を読む。読み終わってしまうのが、なんとなく惜しい。この小説の第1部を読み始めたのは20年前。まだソリチュードというドイツのレジデンスにいた。あまりにも面白くて、新しく出版されるごとに読んでいたけれど、なかなか出てこないので、もう待つのもやめたほど。今年、私が毎日芸術賞を頂いた時に、昨年宮本輝さんも『流転の海』でこの賞を受賞していたことを知り、授賞式の帰りに『野の春』を買った。最後の章を読んでいて涙が止まらなかった。なんせ宮本輝さん、この本の完結に37年もかけたので、20年前はメガネが要らなかった私も、メガネをかけないと読めない歳になってしまった。だから涙が出ると字が見えなくてメガネも曇るから、もっと早く書き上げてくれれば、私もメガネを気にしながら読むことはなかったのに、と思う。


『宿命っていうのは、ものすごい手強い敵や。命に宿るって書くんやもんねえ。自分の命に宿ってるもんを追い払うには、どうしたらええんやろ』

　宿命か……。私の命に宿っているものってなんだろう。

　余韻に浸りたくて、もっと何もしたくなくなる。でも素晴らしい作品を読み終えて、心は嬉しかった。

8月23日（日）

　朝、プール。今日はクロールにした。週末なので少し人も多い。

　コロナ禍で更衣室は使用できない。だから水着は洋服の下に着て来た。プールは公園の中にあるので、ベンチにカバンを置き泳ぐ。泳いだ後、隣のお姉さんが堂々とおっぱいを出して着替えている。チラッと見たいな、と思いながらも堂々とされると見れないものだな、と思う。私はワンピースを被り、その中でゴソゴソと水着を脱ぐ。あっ！　パンツを忘れたことに気づく。ない……。このままパンツを穿かずに自転車に乗って家に帰るか、水着を穿いたまま帰るか。何も穿かないよりは濡れた水着の方がいいかと思い、自転車で帰る。自転車のサドルの跡がお漏らしをしたようにくっきりとスカートに付く。

アマゾンから荷物が届く。旦那が開けて「千春、これ注文したの？」と聞かれる。よく見ると、ゴム製のペニスだった。えっ？ 注文してないよ。最近、夫婦間での夜の仲良しも無くなっているけれど、こんなものを注文するほど私は落ちぶれてないわ、と思いつつ、それにしても誰だろうと気持ちが悪くなり、友人に「こんなの届いたけど、どうしよう」と連絡する。

16時にまゆみ先生が来て、オペラを習う。この前、高瀬アキさんのお家で多和田葉子さんの還暦お祝いパーティーが少人数で行われ、そこで初めてカルメンを披露した。目をパチパチとさせ困惑する多和田さん。久しぶりの生演奏にも感動。そういえばコンサートにも随分と行っていない。今日も先生からまたカルメンを習う。

8月24日（月）

朝、プール。今日は1〜2キロ泳ぐ。

昨日のアマゾンの荷物をスタッフに見せてどうしたらいいかを相談。アマゾンに送り返す手続きをする。最近アカウントが少しおかしくて、誰かが乗っ取ろうとしているかもしれない、とのこと。それにしても、こんなもの送らなくてもいいのに。旦那からの疑惑が消えればいいが……。

8月25日（火）

雨。14度と寒くなる。

東京、ベルリン、パリ、ニュージーランドを繋いで、瀬戸内国際芸術祭のオンラインミーティング。その後、来月のスペインでの個展の打ち合わせをする。

津村記久子（小説家）

8月26日（水）

解説を書くために、三島由紀夫『真夏の死』（新潮文庫）を読み始める。折り返しの写真がトニー・レオンそっくりに見えたので検索をしにいくと、けっこうその指摘をしている人がいる。いいなあ自分もトニー・レオンに似たかったなあ。自分が似ている人というのについて、「メガネをかけている」という要素を抜きにしてすごく考えていた時期があって、内藤剛志さんに自分は似ていると思い至ったんだけれども、失礼だったら申し訳ないです。

そして２０２０フランス選手権（サイクルロードレース）。所属チームのグルパマＦＤＪ関係のアシストを十六人連れてきたデマールが優勝。しかしそのことより、ドゥクーニンク・クイックステップから二人で来たのに三位だったアラフィリップの強さが目立った。火事場の馬鹿力的なものを週三で出せる選手だと思う。

8月27日（木）

引っ越すので、長岡京市に物件の見学に行く。二週間前に、現地の不動産屋さんがお盆休みを取っていたとかで内見が叶わなかった部屋を見る。家は県境で探している。どうせ引っ越すなら大阪を出て行きたいけれども、今の家より不便になりすぎるのも困る、というのが理由。実家を出るのは、単純にウイルス感染拡大で苛つく家族に疎まれることがあり、こちらも信頼できなくなったからだ。大阪を出るのは、当分はあの党の政治運営に自分の税金を使って欲しくないと思ったからだ。まさか四十二歳になって政治が理由で移住するとは思っていなかった。
　内見が終わると、町を歩き回ったり、物件の一番近くのバス停から実際にバスに乗って目当ての駅に行ってみたりする。住むか住まないかは別として、そういう体験自体はとてもおもしろい。長岡京市は、のんびりしていて自然の近くにありながらも、必要なお店はちゃんとあって生活に必要なものを揃えやすい、とてもいいところだと思う。町の人には、タオルハンカチ（鹿児島ユナイテッドのグッズの貴重なやつ）を落としたことについて声をかけてもらったり、リュックのファスナーが開いていることを教えてもらったりした。
　夜はツール・ド・フランスのチームプレゼンテーションがある。今年は約二か月遅れで開幕。グライペル（イスラエル・スタートアップ・ネイション）とデゲンコルプ（ロット・ソウダル）が出場してくれるだけでもういいという気がする。総合に関しては、どうせ元スカイ（イネオス・グレナディアス）の誰かだろうという諦めが漂い、どうしても「今年はユンボ・ヴィスマが強い」と言われても話半分に聞いてしまう。そして総合と言えば今年はピノ（グルパマＦＤＪ）はどこまで行けるんだろうか。ヤギとたわむれるのが好きで下りが怖くてヘリの音が嫌いで、ダニに刺されて寝込んだかと思うとハチに刺されて去年のツールをリタイアした選手、と書いてみて本当にだめな気がしてくるんだけれども、わたしはこの弱さ出しっぱなしの選手が重要なところでたまーに勝つと、復讐を果たしたように興奮し、いいぜ世界を信頼してやるという気分になる。

8月28日（金）

　相変わらず『真夏の死』を読んでいる。

8月29日（土）

　昼間に、友人とその娘さんに会いに、自宅の近くのカフェに行く。友人は医療関係者なので、基本的には一緒に出歩くことはできないし、お互いの家の行き来もできないのだが、友人がいる店にわたしが（偶然）訪れた、という態ならなんとか会って話せるという複雑な状態になっている。

その場所は、カフェの前もカフェで、先代のカフェは中崎町から移転してきた。友人は二十代の頃、中崎町の近くの病院に勤めていたので、十五年以上の間その店主さんのお店に通い続けていたということになる。先代の店主さんのお店は、今年の二月に更に別の場所に移転した。さばさばした女性の店主さんの作るごはんやお菓子はどれもおいしかったし、その店で何度も友人に話を聞いてもらったことには、本当に助けられた。

今入っているお店もとてもいい。娘さんはかき氷を食べ、わたしはホットサンドとカステラを出してもらった。友人はハーブティーを飲んでいた。住宅地の中の隠れ家のような場所なのに、近所のお年寄りの女の人たちがけっこう訪れている。引っ越したらこの店が遠くなるんだな、と思うと少し悲しい。

ツール・ド・フランスが始まる。ステージ1はクリストフ（UAEチームエミレーツ）が勝つ。この選手はキャリアにほとんど浮沈がないように思える。全部勝つわけじゃないけど、毎年必ず一度はいいレースで勝っている。

8月30日（日）

午前中は兵庫県に物件の見学に行く。ものすごく暑い中、不動産屋さんに日曜にすみませんと言いながら歩き回る。ここにしようかなという部屋だけれども、不動産屋さんと別れた後にいろんな懸念を思いつく。暑い中歩き回る疲労と、引っ越しのことを考える苦痛でふらふらになりながら帰る。

ツールのステージ2はアラフィリップ（ドゥクーニンク・クイックステップ）が勝つ。今年もどうせ山岳でも平坦でもないステージは全部アラフィリップが持っていく。

8月31日（月）

『真夏の死』の解説を書き始める。着手して頭を抱える。メモはたくさんとったとはいえ、難しい内容と難しい枚数。締め切りに間に合わないので、夜中の三時以降に確保している小説を書く時間をこの仕事に当てる。たまにカバーの折り返しを見て、トニー・レオンに似てると三島に言ったら喜ぶかなあ、と考える。

ツール3は平坦でカレブ・ユアン（ロット・ソウダル）。韓国系オーストラリア人だとのことで、165cm。ゴール前のスプリントを見ると、毎回弾丸を擬人化したみたいな選手だと思う。

9月1日（火）

日曜日に訪れた物件の気になるところを一人で確認しにいくことにする。具体的には書けないのだが、これはだめだというところを見つけたのでそこは諦めることにする。

帰りに王将に寄る。隣に一人で座っている自分より十歳ぐらい年上に見える女性が、細身なのに定食にビールともう一品をつけて静かに食事している。何か憧れのようなものを感じる。

ツール4勝者はログリッチ（ユンボ・ヴィスマ）。確かにユンボは強いぞ。

多和田葉子（小説家）

9月2日（水）

パンデミックが始まって一時休校になっていた太極拳学校の授業が夏からダーレム地区の小さな公園で行われるようになった。老夫婦が散歩していたり、芝生にシートを敷いて読書している人が一人二人いる程度で人の少ない静かな公園。毎週水曜の夕方二時間ほどここで太極拳の練習をするのを楽しみにしているが今日はあいにく午後から雨が降り始めたので公園での練習は中止。夕方六時半のライブ・ストリーミングにログインした。パソコンを居間のソファーの背に乗せてその前で練習。誰も見ていないので疲れるとソファーにすわってサボる。

9月3日（木）

ベルリンのジュートクロイツ（南十字）駅から朝十時半の列車に乗る。この駅は中央駅よりずっと自宅に近く、目的地によっては長距離列車もとまるので重宝している。窓の外に見える野原が黄色く枯れているのはこの夏もまた雨が少なかったせいだろう。ハンブルクでの乗り換え時間約三十分。警官が三人組で駅の構内をパトロールし、マスクから鼻がはみ出している人に注意を与えていた。なんだか緊張し、マスクの奥で呼吸が苦しくなってくる。コペンハーゲン行きの列車は全席指定で満員。国境を越えた最初の駅でデンマーク側のパスポート審査があり、日本のパスポートを出すと少し驚いて旅の目的を訊かれた。ドイツに住んでいる、と答えるとすぐ納得してくれた。コロナのせいでアジアからの旅行者が姿を消し、夏のヨーロッパの光景が変わってしまった。

列車に乗ったまま海を越える。左右に海を見ながら走るのは気持ちがいい。夕方五時半にコペンハーゲンに着く。ゲーテ・インスティテュートのWさんが駅に迎えに来てくれている。ホテルで休んでから出版社のCさんと翻訳家のHさんといっしょに最近できたという不思議な名前のベジタリアン・レストランで夕食をとる。ローカルな野菜を乳製品と組み合わせてきれいに美味しく仕上げていた。デンマークのコロナ対策はドイツよりゆるいようで、狭い店内にぎっしり客を入れている。電車の中ではマスクをするという規則も二週間くらい前にやっと導入されたらしい。客は三十代がほとんどで、自分が高齢ハイリスクグループに入っていることを実感する。

9月4日（金）

朝ホテルで気持ちよく目を醒まし、書こうとしてもなかなかリズムが見つからずにここ一週間ほど困っていたあるテキストが突然書ける。執筆環境はあまりよくない。狭い机、意味もなくぎらぎらした卓上ランプ、気の滅入るような壁紙。どうやら原稿というのは気持ちのいい環境をつくれば書けるというものではないようだ。

午後散歩がてら大学付属病院まで歩いて行ってみた。「星に仄めかされて」の舞台になった病院だが、まだ実際に見たことはなかったので興奮した。

夕方からは、教会を改造してつくった文学館で対談イベント。ここには前に二度来たことがある。すぐ近くの墓地に立つアンデルセンのお墓の前で田原（でんげん）さんと詩の朗読をしたこともあったが、あれは何年前のことだろう。確かアイスランドの火山が火を噴いた年だった。あの時に出逢ったデンマーク人の女性が「地球にちりばめられて」のクヌートのお母さんのモデル、とまではいかないが少なくともヒントになっている。

トークイベントは聞き手のHさんがとてもよく準備していて、上手く質問を連ねてくださったので話しやすかった。コロナ対策で六十人しか聴衆を入れなかったが満員に見えた。間隔をあけずに身を寄せ合うようにしてすわっている観客が実際に目の前にいることが何より不思議で、時々じっと見つめてしまった。

9月5日（土）

午前はホテルで原稿を書く。昼に疲れて散歩に出ると急に風が強くなり、雨が降り出した。通りを歩いている人たちはまったく動じず、傘もささずにそのまま歩いていく。持っていた日本製の小さな折りたたみ傘をさそうとするが、風が強いのですぐにおちょこになってしまう。「おちょこ」という日本語がとても懐かしい。

午後から大学へ。地下鉄に何駅か乗っただけで未来都市のような建物が並んでいる郊外に出た。ドイツ文学科の週末集中ゼミで参加者は二十人くらいいただろうか。課題としてわたしが昔ドイツ語で書いた「ヨーロッパの始まるところ」という作品をデンマーク語に訳したそうで、質問などたくさん出た。終わってから大学の近くのレストランで学生や教員たちとみんなでわいわい楽しく食事してホテルに戻る。

9月6日（日）

散歩がてら湖に沿ってコペンハーゲン中央駅まで歩いていく。空が広いのは山も高層ビルもないからだろう。車内で雑誌を読んでいたら、たまらなく眠くなってきて寝てしまった。はっとすると列車はとまっていて、どうやら又国境の駅に来ているようだった。今度はドイツ入国のパスポート審査だが、制服を着た警官が二人車内を二度往復しただけで、パスポートを実際に見せる必要はなかった。警官の一人はとても背が高く二メートル以上あった。

9月7日（月）

近所の書店に注文した本を取りに行く。前回は店内に入れず注文した本を店先で受け取るだけだったが、今回は二人まで入れるようになっていて、ああ本屋さんの店内というのはいいものだなあ、と改めて思う。特に買いたい本はなくても背表紙を目で追いながら蟹のように横歩きをし、新刊書を手にとって眺めているだけで気持ちが高揚する。

注文したのはマグヌス・ヒルシュフェルトの世界旅行記で、四分の一くらいは日本についての記述に費やされている。１９３０年代のベルリンで男性の女装についてユニークな論を展開した性科学の研究者だけあって、歌舞伎の女形についての記述などもくわしい。講演しながら世界を回っている間にナチスが台頭してきて、ヒルシュフェルトは死ぬまでドイツには戻れなかった。パンデミックは確かに恐ろしいが、自分の生まれた国に独裁政治が発生して帰れなくなるという状況の方がずっと恐ろしい。

9月8日（火）

午前中、執筆に没頭し数時間書くことができたが、遅い昼食をとるとぐったりしてしまい、ソファーでだらだらとラジオを聴いて過ごした。今日一日分の「やる気」を使い果たしてしまい、なかなかソファーから起き上がれない午後三時くらいのだるい時間帯でも、近くの喫茶店でアイス・コーヒーを飲むと読書はもちろんのこと執筆さえできることがある。そんな風にして自分をだまして最後の一滴までエネルギーを搾り取ろうとするのはよくないとは思うが、アイス・コーヒーは十月になれば終わってしまうので、これが最後のチャンスかもしれないと思って出掛ける。空気はひんやりして、秋もそろそろ締めくくりに来たかと思う。

いしいしんじ（小説家）

9月9日（水）

6時起き、小4のひとひの音読する「ごんぎつね」に鳥肌バサバサ。『チェロ湖』でコーヒー豆を挽く場面を書いているうち、じっさいにコーヒー豆を挽きたくなって、ハイファイカフェの吉川さんから通販で買ったブラジルの豆を挽いて、ハイファイカフェのカップにいれて飲む。さらに書いていると、湖をより小さな湖がネックレスみたいにずらりと取りまいている様がうかぶ。それは琵琶湖に、「内湖」と呼ばれて実在している。昔はずらりとあったのが、年々、空に浮かぶスポンジで吸い上げるみたいに減少している。

新開発の素材の服にきがえ、走りに。九月の向かい風のなかを走っていると、冷蔵庫のドアをあけたときみたいに涼しい。
アメリカの蓄音器店に蓄音器用の針を注文し、ターンテーブルを掃除。夕方、ひとひを出町柳のスイミングに連れて行く。7時過ぎに帰宅し、園子さんが時間を逆算し用意しておいてくれた晩ごはん、鶏の唐揚げ、豚の唐揚げ、ポテトサラダ、大根とにんじんと青菜の味噌汁、武田さんから届いた最後のとうもろこし「きみ」、加藤順さんの日野菜。縁側で、まだ生き残っているカブトムシのオスが空騒ぎしている。「ゴールデンカムイ」に夢中なひとひと北海道に引っ越す計画を練る。

9月10日（木）

えらい涼しい朝。午前中『チェロ湖』。湖面に浮かんでいる建物が、干し草のかたまりを建材につくられていることが判明する。浮かぶのか。浮かぶやろ。園子さんは昼前からヨドバシカメラにいっていて留守。お昼に四季（キャトルセゾン）のパンをもぐもぐかじっていたら、ドンガラガッシャーンとずぶ濡れのおっさんが落下。あ、雷神さん。照れたようにすぐ空は晴れ、3時過ぎにひとひ帰ってき、オートスポーツで連載中のコラム「ピット・イン」のための絵を描きだす。鉛筆で輪郭をとり、こまかなところはすべて色鉛筆の線で陰影と凹凸をつけてゆく。小1から小4まで隔週でやってきて、一回も穴があいてない、っちゅうのは思い返せばツナワタリそのもの。こないだの日曜イタリアGPを勝ったピエール・ガスリーの表彰台での透明な横顔。
絵をクロネコに渡したあと、ふたば書房でひとひの愛読誌「優駿」と「レコード・コレクターズ」、三条寺町の画材屋さんで鉛筆色鉛筆多数から。晩ごはんは、豚肉の生姜焼き、野菜ときのこソテーの付け合わせ、モロヘイヤおしたし、ずいきと油揚の煮びたし。

9月11日（金）

朝ごはんのときラジオのニュースをきっかけにひと

ひと飛行機のことなど話す。午前中、オートスポーツのコラム、京都新聞「禅語」原稿。「きのう」の話を書きました。学校前の子どもにとって、目の前にある「いま」以外の時間はすべて「きのう」。ゆうべの生姜焼きも、先週の映画も、春のコロナ休みも、小学校の入学式も、僕がうまれる前も、ちょんまげの時代も、恐竜の時代も、ビッグバンも。それを以前、大竹伸朗さんにいったら「かっこいいね。カレンダーとか手帳とか、ダサいよ」と喜んだ。

午後、ランニングにいったら、南禅寺を過ぎたあたりで豪雨、雷雨となり、永観堂の門の下にえんえんふりこめられる。5時半から一家でMOVIXにでかけ「クレヨンしんちゃん」の最新作、いつもながら、「ふーん、ま、そんなもんか」と思ってみはじめたら途中で涙。はきふるしのパンツと女ターミネーターとブタにこんなに胸をやられるとは想像していなかった。ブタに泣かされ、帰りはブタ肉に衣をつけて揚げたものを園子さん、ひとひ、僕の三人それぞれで食べ、雨上がりの舗装をふんでうちに帰る。

9月12日（土）

光のレンガが降ってくる、透きとおった朝6時起き。『チェロ湖』書いていると、とある「録音エンジニア」から連絡があり、配線のケーブルが焦げついてしまってヤバイ、とのこと。今月は、大切なスタジオ機材をメンテナンス。昼から、うつわやあ花音（かね）のための掌編「ほかのツバメのおはなし」。新訳「げんじものがたり」の注釈。3時からきがえて黄金色の夕陽へ。きのう途中までしか行けなかったランニングをコンプリートさせる。シャワー浴び、洗濯ものたたみながら家の二階で大音響でザ・バンド『南十字星』。

9月13日（日）

ひとひの野球練習は雨天中止。市バスで二条のTOHOシネマズ。映画「弱虫ペダル」。女子中高生がおおぜい見にきている。「自転車っておもろいね」「きょう、レースってあんのかな」「え、ツルド・フランスってのやってんだけど。釣りなん、自転車なん」みたいな会話。帰りにライフで九州のでかいイサキを二匹。うち帰ってお昼はひやしうどん。園子さんの何気ないひとことから午後はひとひと京阪電車にのって樟葉へ。ひさしぶりにクレイン京都の乗馬レッスン。余裕たっぷり3時の回に間に合うはずが、駅前から乗った京阪バスが、一本道をずらーりと埋めるコストコ渋滞にどはまりする。10メートル進むのに10分かかる。みんなそんなに好きなんコストコ。コストコなかったらもう死ぬ。コストコ行かれへんかったら一家全滅。4つ手前のバス停でおり、3時半にクレインに到着。駆け足レッスン、馬匹はタガノボックス。7時前、うち帰って晩ごはん。イサキは三崎ではイサギと音が濁った。水質のせいかどうかはわからない。けどその分、三崎のイサギは口にいれたしゅんかん独特の甘い風味がたち、のみこむと相模湾っぽいあとあじが残る。

9月14日（月）

ぐしゃっ、ぐしゃっ、と、ビニールの社殿を踏んで歩くようなクシャミで目がさめる。午前中『チェロ湖』。昼前「モータースポーツ好きの親子のためのブックガイド」19冊分書く。お勧めはブライアン・フロッカの大判絵本「The Racecar Alphabet」。1901年から2001年まで、モータースポーツの世紀が、その場でスケッチしていたかのような生っぽい、やわらかな描線で描かれている。午後からヘルマン・フィンステルリンの建築画の本をひらき、筆ペンでその内臓か軟体生物みたいなスケッチを模写する。描いてるうちふとその建物のなかにはいってるみたいな感覚につつまれる。晩ごはんは、ブリの照り焼きと軟体生物と植物。夜の膜をめくって早めに横たわる。

9月15日（火）

朝7時45分、ネットオークションで、この10年間探

宅配便
宅配便
宅配便

page
58

しつづけていた、念願のSPレコードを落札。1959年プレス、エディット・ピアフ『ミロール』のパテ盤。レコードも本も、そのときがくれば必ずむこうからこちらへとやってくる。午後にブラジルのレコード屋さんからちがうレーベルの『ミロール』の入荷お知らせ。10年出なかったものに一日に二枚めぐりあうとは。地球の裏に頭をさげ、この二枚目も購入。勢いをつけて夕方まで『チェロ湖』。小説のなかでもあたらしいレコードを蓄音器で鳴らしてみる。よい音。

金原ひとみ（小説家）

9月16日（水）

昼過ぎ、予約していたマツエクへ。二週間おきに歌舞伎町のサロンに通いマツエクを付け足し続けて早二年。まつ毛に縛られる人生なんて馬鹿みたいだと思いつつ、もう永遠に止められる気がしない。まっすぐ帰宅し原稿を書き進める。明日締め切りの連載原稿が書き上がってもいなかった。

　長女がうるさくて宿題ができないと次女からクレーム。ボイチャをしながらフォートナイトをしているようで、リビングにいても大騒ぎする声が聞こえてくる。一緒に住んでいる人への配慮を忘れないようにと注意すると態度が悪く、態度の悪さを指摘すると更に態度が悪くなった。永遠に反抗期などこないと思っていた長女にそれがきた事を痛感。

　夜通し推敲を続け、六時を過ぎた頃子供たちが起きてくる。購買でパンを買いたいからお金をくれと長女が言うから、お弁当はいらないのかと聞くと、お弁当もパンも食べると言う。いつまでも少食で、一生成長期など訪れないのではないかと心配していた長女にも、それは訪れた。変わらないものが欲しいと漠然と思う。

9月17日（木）

締め切りの緊張感でほとんど寝れず、推敲を再開し十二時半に脱稿。原稿を送ると慌てて支度をし、燃え殻さんとの対談へ。

生きづらさや変われなさについて深い共感を持てる男性が存在する事が嘘のようで、体感時間約十分で対談は終了。別れ際すでに、あれについてもこれについても話したかったと思っていた。あんな人が近くにいたらどんな人だって幸せになれるのではないだろうかと、彼の生きづらさを無視したような偏見を持ってしまう自分に少し呆れる。

何気なくストロングを片手にソファに座ったらそのまま寝落ちた。

9月18日（金）

延々溜めていた事務的な仕事を無心でこなす。六時に帰宅した長女から明日は午後部活があるからお弁当がいると衝撃の事実を告げられ、渡されたお弁当を秒で洗い、光の速さでお弁当を完成させると友達と待ち合わせている神楽坂へ。

カジュアルフレンチのお店で生牡蠣、秋刀魚のサラダ、エビのコンフィ、蝦夷鹿とサツマイモのパイ包み。これまであらゆる牡蠣を食べてきたが、ここ数年で一番美味しかったのはシーフード専門店のタスマニア産の牡蠣でもなく、オイスターバーの食べ比べ五種でもなく、伊勢志摩で食べた地物の牡蠣でもなく、渋谷のラブホ街にある「大学生お断り！」とやたら強調しているバーで食べたお一人様二個まで一九九円の生牡蠣だった。

上司が提案したキャンペーンの準備でへとへとだという友達に何と言ったらいいのか分からず、「上司は思いつきでものを言う」を勧める。

9月19日（土）

十二時過ぎ、西早稲田で復活したメーヤウのチキンカリーをウーバーイーツで注文。ほぼ十年ぶりのため再現できているのかどうかはよく分からなかったけれどとにかくしっかり辛かった。友達が申し込んでくれていた大好きなバンドのライブチケットが落選と連絡あり。全てのやる気が完全霧散。
　新作短編のプロットの肉付けをして、深夜のトランス状態で朝ごはんのため大量に卵サンドとハムサンドを作製。

9月20日（日）

　寝ているところに長女が「遊び行くー」と声をかけてきて、お昼ご飯はと聞くと今サンドイッチ食べたからいらないと言い、「行ってきます」もなく出て行った。旦那はここ最近何故か毎週日曜に断食をする。
　朝五時まで粘ったけれど短編はほとんど進まなかった。

9月21日（月）

　グーグルフォトで昔の子供達の動画を眺めていたら、何見てるのと隣から覗き込んできた次女が静かに泣き始めた。反抗期に入り自分を邪険にする長女と仲良く遊んでいた頃の動画を見て悲しくなったようだった。抱きしめて一緒に泣く。私は常にスーパーアクティブな長女に感嘆し、スーパーナイーブな次女に共鳴している。
　次女は今日の日記を書いたと見せに来て、チョコレートを食べたら元気になったと言う。腹を満たす事と自分の気持ちを文字にする事で己の気持ちを処している次女に、やはり私は共鳴する。助言に従いコンビニでチョコとお酒を買う。帰り道、潰れた巨大ネズミを至近距離で発見して声を上げそうになる。苦しそうな口の形もそのままぺしゃんこになっていた。

9月22日（火）

　長女は今日も、遊び行くお昼ご飯はいらないと寝ている私に言い残し出て行った。昼過ぎ、ふとゼンリーを見ると長女は上野にいて、どこに誰といるのかとLINEをすると友達と上野公園にいると返信。何で？と聞くと「広いから」との事。

同じくらいの歳の子を持つ友達にそっちは反抗期きた？　とスナチャを入れると、年中反抗期やで。と返信。君の子供たちは元々生意気で反抗期のそれとは違う、と思ったけれど黙っていた。最近、彼女の息子がクラスメイトに殴る蹴るの暴行を加えられ大問題になったという話がずんと重たく残った。

最近長女の態度がひどくないかと旦那に相談すると「あの歳の子に親としてできるのは〝何々をしない〟って事だけだよ」と達観した事を言う。あの子は学校に行って部活もやって友達もたくさんいるのに何が不満なんだと不思議そうで、あれは反抗ではなく自立だと彼は結論付けた。確かに旦那は中学生の頃親を殺したいと思っていた人だし、私は学校にも行かず家に寄り付かなかった。

夜、男友達としゃぶしゃぶを食べに行く。彼は完全に子供側の視点に立ち、子供にとって親、特に距離感を間違えた母親という存在の迷惑さ、人は変わるし成長するという主張を繰り返した。目に涙を浮かべると彼は掌を返して必死に慰め始めたけれど、彼も以前母親の葬式には出席しなくていいと話していたのを思い出す。

雑炊を食べながら、何か行きたいライブがないか調べてみようと検索していたら、コロナで中止になったFREEDOM NAGOYAで見るはずだったガールズバンドのツアーチケットが抽選受付中だった。長女も好きなバンドだと呟くと、誘ってみたら？　と彼は事もなげに言って、断られたら俺が行くよと続けた。今ならお客さんをキャパの半分程度に減らしているだろうし、初めてのライブにはむしろ適しているかもしれないと思いつくと、申込み期限まであと一時間と迫っていたチケットを二枚申し込んだ。

池田亮司（作曲家・アーティスト）

9月23日（水）

フランスのストラスブール滞在10日目。現地の現代音楽フェスティバル Musica に本年のメイン・アーティストとして招かれている。現代音楽という枠組み上「生演奏主体」の過去の作曲や委嘱新作などを中心に先週からすでに11作品7公演が続く。コロナ状況下でのかつてない困難の最中、EU内でも開催されること自体奇跡的であり、40周年を迎えるこの老舗フェスティバルの気概にリスペクト。半年以上もライブに飢えていた観客が近隣都市から集まり、密を避けながらも連夜熱気に満ちていた。山場だったオープニングでのシンバル100台の作品や、パーカッションの新作小品集の世界初演の成功にまずはひと安心。本日早朝よりパフォーマンス作品 superposition の仕込み開始。昨晩遅く日本やイギリスからスタッフがコロナ状況下で苦労の末に現地入り。最後の公演から3年以上が経ち、久々の再会に皆の表情が明るい。しかし朝からいきなり13台使うコンピュータのうち4台の故障が発覚、深夜まで粘るが解決は明日に持ち越し。

9月24日（木）

仕込み2日目。早朝から故障したコンピュータの復旧に当たるが、為す術なし。特定の年代の特定の機種なため、現地のレンタル会社も持ち合せなし。急遽大捜索が始まり、何とか午後に劇場スタッフの友人から1台、パリからうちのスタッフが手持ちで1台持参。残り2台はこちらのチームの個人所有のラップトップで何とかならないかと画策、夕方までには公演自体は通せる仮システムを強引に再構築。夜までにステージ上の10台のコンピュータ、12台のビデオ・プロジェクター、10台のモーター、12台の精密カメラ、大きなスクリーンや小物その他舞台セットの設置、調整等が終わる。公演のオペレーションは、舞台に上がる2人のパフォーマー以外は、舞台袖上手に舞台監督、舞台袖下手にライブカメラ2名、私本人が客席側ブースで音響と照明、私の隣に全体を制御するマスターコンピュータ担当の計5名だが、今回マスターコンピュータ担当の奥さんが明日から数日以内にお産が始まるため、急遽スタッフ編成を変更。この作品は過去22都市で40公演以上してきたが、基本的に持ち場以外のオペレーションはお互いにできない。例えば、バンドのギタリストへ急にドラムを叩けというのに近い。カメラから突然マスターコンピュータに担当交代したスタッフに相当なプレッシャーがかかる。時間ギリギリまでどうできるか協議する。

9月25日（金）

公演初日、今晩2公演。舞台上のコンピュータ1台が不調。マスターコンピュータ担当スタッフ、操作手順の練習と再確認。スタッフ全員極度のストレス。2回のドレスリハーサルが何とか通る。本番1回目無事終了。本番2回目に懸案の1台が公演後半に落ちる。公演後ロビーで友人たちとワインやビールを片手に歓談、しかし話題はやはりコンピュータ問題。手は尽くしているが今のところ解決策なし。公演自体は盛況だったが、複雑な心持ちで明日に挑む。

9月26日（土）

公演2日目。コンピュータ不調の原因は未だ不明。再度落ちた際の苦肉の応急策を用意するが、本番何も起きず無事終了。舞台撤去後、打ち上げ。苦心したぶん安堵も大きく、スタッフ全員で和やかな時間を共有。日本やイギリスから来てくれたスタッフ、作曲やリハーサルに1年近くかかった別の作品を世界初演で演奏してくれたフランスの奏者たちに感謝。また、北京にあるＵＣＣＡ美術館の展覧会が本日無事オープンしたとの知らせが入る。コロナのため事前に遠隔で設置終了していたが、3月からすでに2回もオープニングが延期されていたので、無事のオープンに安堵する。

9月27日（日）

計12作品10公演を無事終え、ようやくパリに帰還。会期中、Musicaフェスティバル自体、フランクフルトのEnsemble Modern、ストラスブールのLes Percussions de Strasbourgより新たな委嘱作品の話を頂く。電気やコンピュータを一切使用しない純粋な作曲については未だに戸惑うが、通常のチームで作り上げる作品のアプローチと全く違い、小説家のように完全に1人で完結できるプロセスはある種心地よい。もちろん作曲それ自体は建築家の図面のようなもので、実際施工する人、つまり実際演奏する人がいないと話にならないため、結局は実現化する際に人間と密に作業をしなければならない。完全制御の美学もあるが、人に委ねながら発見していく美学もある。それが今後の課題になるのか楽しみになるのかは、まだ時間がかかりそうである。

9月28日（月）

少し前に京都スタジオのアメリカ人スタッフが、家族が大変だということでコロナや山火事で凄惨なＬＡへ帰国した。その穴埋めの募集をかけていたのだが、本日最終的に絞られた候補者のオンライン面接。そのうちの1人に即決。来月中旬から京都スタジオに来てもらえる模様。11月中旬にロンドンで大規模な個展を予定しているが、ジョンソン首相の最新スピーチによるとフランスからイギリスに入る際14日間の隔離は必須、さらに今後厳しいルールが敷かれるかもしれない。今週末から京都北部での野外インスタレーションのために日本に帰国するが、日本からイギリスへは渡航制限がないので、パリに戻らずそのまま東京からロンドンに行くフライトチケットへ急遽変更。ロンドンのキュレーターと展覧会自体について長時間話し合うが、先が全く見えないなら延期しても無意味との判断で11月中旬に断行することに同意。ただし会期は異例の半年以上の長期間の展示になる見込み。

9月29日（火）

ポルトガルのポルトへ。現地のSerralves Museumによる委嘱作品の下見兼打合せ。美術館が配している広大なスカルプチャー・ガーデンにて野外展示予定。16年前にここでコンサートをした際のキュレーターやスタッフとの再会に感激。近年赴任してきたディレクターとも久々の再会。彼が90年代にキュレーターだったアメリカのWalker Art Centerの時代、その後00年代共にＮＹに住んでいた時期が重なったりと長い付き合い。某大手ビデオ・プロジェクター会社の元ＣＥＯだった友人も同行。15年ほど前に知り合った際、偶然にも生年月日が一緒ということで意気投合、それ以来公私ともに世話になっている。今回のプロジェクトで必要な複雑なテクノロジーについてもサポートしてくれるらしいが、これまた偶然にもノルウェー在住の彼の別宅がポルトにあるということで、作品制作で彼の家を使わせてもらうかもしれない。午後に現地の建築家２人と会合し、うち１人と協働することに決める。来年以降の発表になるが、その後いろんな都市を巡回できるか議論。コロナ状況で移動が困難な中、いろんな人との再会や新たな出会いにあらためて感謝。明日パリに戻り、週末に久しぶりの日本へ。

ケラリーノ・サンドロヴィッチ（劇作家・演出家）

9月30日（水）

午後の新幹線でケムリ研究室『ベイジルタウンの女神』兵庫公演劇場入り。昨夜一睡もせぬまま、猫に別れを告げ、くれぐれも留守を頼むと言い聞かせながら、緒川さん*も俺もそそくさと荷造り。本を5冊も持っていくのは、12月のイレギュラーな劇団公演の構想を練るため。本来やるはずだった公演はコロナのあれで中止になった。たしかにスズナリは、この状況下、大人数のロングランをやるにはリスキー。楽屋も密にならざるを得ない。制作の判断ももっともだ。そこで代替案として、出演者4人の小規模な公演を提案した。遅ればせながら、別役実さんの追悼公演になればと思っている。まだ制作からの正式なGOは出ていないけれど、問題ないのではないだろうか。

14時過ぎに緒川さんと品川駅へタクシー。車中、駅弁。二人共早くも猫のことが心配になっている。ほとんどのキャストが同じ車両。誰もが、関東を出るのは半年以上ぶり。なんだか夢のようだ。

新大阪からマイクロバスで兵庫県立芸術文化センターへ。もう慣れたけれど、笑っちゃうほどの厳戒態勢。消毒に次ぐ消毒。今日は場当たりは無く、18時からプロジェクションマッピングの位置合わせのための撮影だった。衣装は着ないが、ステージ上で本番と同様の動きをして撮影する。映像スタッフが、明日までに、この劇場の仕様に合わせたマッピング映像を完成させてくれるのだ。分量の差こそあれ、俺の舞台では大抵の作品でこの一手間が必要とされる。申し訳ない。

　20時過ぎに終了し、皆でホテルにチェック・イン。部屋へ向かおうとしたところ、フロントで制作の川上くんに「ちょっといいですか」と呼び止められた。嫌な予感。予感は的中。代替公演も中止にできないかとのこと。彼らが試算した見積もりを見た会社のエラい人たちが消極的らしい。仕方ない。最終的なジャッジは任せると言ってしまったし。まず大丈夫だろうと思ってたから言ってしまったわけだけれど、仕方ない。

　と思いながらも、ホテルの部屋で、重い思いをして持ってきた本たちを荷物からドサリと出した途端、やり切れない気持ちになる。緒川さんを誘って、昨年末の公演時にも行った甲子園近くの和食屋へ赴き、阪神戦の歓声をS・E・に食事。22時過ぎ、部屋へ戻り、再び悶々とする。

10月1日（木）

眠れたのか眠れてないのか判らぬまま、11時45分にロビー集合。タクシーに分乗して劇場へ。東京よりだいぶ気温高し。

　まだショックが尾を引いている。今年は『ベイジルタウンの女神』一本か。四本やるはずだったのに。近年最も多数な年になるはずだった。四本もやればさすがに疲労困憊だろうという計算で、来年は夏まで舞台のスケジュールを入れてないのだ。こんなに台本を書かない期間が長いと、書けなくなってしまいそうで怖い。

　そんなドンヨリした不安を頭から追い出し、劇場が用意してくれた弁当を頂く。公演中止の不幸なんか忘れて地方公演が実現した幸福を嚙み締めよう。そのうえこの劇場には、東京公演では無かった専用の楽屋があるじゃないか。有り難い。東京ではエレベーター横の溜まり場にいるしかなかったのに、ここでは個室が宛てがわれ、トイレのみならず風呂まで付いているし、シャワーだって浴びることができる。浴びないけど。

13時より場当たり。順調。三時間で終わり、18時よりついに兵庫公演初日。客席最後列で観る。妙な話だけれど、自分の作った芝居に元気をもらった。もちろんキャストとスタッフの力が大きい。有り難いなぁ。7月の終わり、稽古が始まった頃には、地方公演なんか絶対できない、中止になるに決まってると思っていた。夢のようだ。一席飛ばし、つまり半分の動員ではあるが、悪くない反応。カーテンコールでは東京に負けない大きな拍手を頂戴した。有り難い。まったく有り難い。

一旦ホテルに戻り、別の店を探すのも面倒臭いので、緒川さんと再び昨夜の和食屋へ。今日は試合がないのか、野球に疎い俺にはその辺のことがまったくわからないが、歓声は聞こえなかった。ホテルへの帰り道、阪神タイガースと提携しているというコンビニに寄って買い物。店の前で記念写真を撮る若い野球ファンたちが鬱陶しい。

10月2日（金）

9時起床。昨夜はいつの間にか眠っていた。荷物をまとめてチェックアウトの準備。今日マチネの開演を見届けたら、俺だけ帰京する。猫が待っているからだ。

劇場入りの前に緒川さんとホテルの近所の喫茶店でモーニング。素朴でいい店。

10時劇場入り。キャストと各セクションのスタッフチーフに集合してもらい、昨日のダメ出しを一時間ちょっと。これが今回の公演最後のダメ出しになるかもしれぬ。

14時過ぎに劇場を出発。18時前に我が家に帰宅。猫がどら焼きを床に放り出し、包みの上から引っ掻き、潰し、ボコボコにやっつけていた。これは毎度のことで、二泊の外出から戻ると必ずこの惨状を目にする。「よくぞやっつけた」と頭を撫でながら猫を褒めるのが慣習となっている。今回はやっつけ用にわざわざ出発前日に買ってきて置いておいたものだ。どら焼きである必要はないが、最初の数回の標的が和菓子だったものだから、なんとなく饅頭やどら焼きに定着した。さぞかし寂しかったろう。よしよし。

10月3日（土）

朝8時頃眠り、12時過ぎに起床。兵庫ではすでにマチネ公演が開演している。しかも彼らは今日昼夜2ステの重労働だ。呑気に猫とベッドでじゃれ合っているのは大変後ろめたいものの、猫は可愛い。

こまばアゴラ劇場で五反田団の新作を観劇。客として芝居を観るのは8ヶ月ぶり。当然コロナ対策がなされているが、こうした小さな小屋での上演を観てしまうと、スズナリでの劇団公演も遂行できたのではないかという気持ちが再びムクムクと頭を擡げる。

夕方、かかりつけの鍼灸医院へ。かかりつけと言っても今年は正月以来の受診。「疲れてますね」と先生。まあ、大抵言われるのだ。「元気ですね」とは言われたことがない。たしかに、4月の舞台が中止になり、6月の舞台も中止になり、やる予定ではなかったリーディング公演と配信用の映像作品を作り、上演出来るか否か綱渡りの公演の東京公演を終えて、地方公演の途中だ。そして12月公演も中止になった。疲れてない方がおかしいじゃないか。「沢山中止になったのだから、その分労働量が減って疲労も少ないんじゃないのか」と言う考え方もあるが、大間違いです。

近所のどうでもいい食べ物屋でどうでもいい食事をして帰宅。

10月4日（日）

ギリギリ午前中に起床。兵庫では間もなく12時より『ベイジルタウンの女神』千穐楽が開演する。残すは北九州公演のみだと思うと寂しい。

昼間はずっと猫に遊んでもらってた。猫が眠ると俺もうたた寝。眠れない時はボォッと、つけっぱなしのテレビを眺める。

夜9時頃、緒川さん帰宅。猫、大喜び。

10月5日（月）

午後起床。浅い眠り。テレビをつけると、台風が発生したらしい。「進路が読めない」と気象予報士が繰り返す。読めろよ。スタッフは明日、キャストは明後日、俺は明々後日に北九州へ向かう。大丈夫なのか。ここまで来れたというのに、コロナと無関係な理由で中止なんてことになるのは勘弁。いや、コロナも勘弁だけど。

テレビのニュースで菅首相が学術会議の任命見送り問題について「学問の自由とは全く関係ない」と答える一景が流れる。「どうして関係ないのか」は全く説明なく、その後「それはどう考えてもそうではないでしょうか」と付け加えた。この人は官房長官時代から、無理がある発言の後には、必ずこのような一言を加える。腹が立ったのでバナナを三本も食べてしまった。

ＴＳＵＴＡＹＡ歌舞伎町店閉店の報。中村屋の隣にあった頃はよく行った。90年代後半だったか。なんでもある印象だったけど、むしろどこにでもあるものは置いてなかったのかもしれない。俺の高校時代、友＆愛などの貸しレコード屋から始まったある種のレンタルビジネスの終焉。勿論はるか前に貸本屋はあったけれど。

二時間弱の昼寝というか夕寝をして、緒川さんと散歩。歩きながら、2月以来人前で歌ってないという話になる。考えてみればこんなに長い間ライブが無かったことはない。急に不安になった。声が出なくなってしまうのではないか。歩きながら慌てて馴染みのライブハウスに連絡し、年内に空いてる日を仮押さえし、早足になりながらミュージシャンたちに電話。歩数計が一万歩を示す頃には12月12日にソロのライブをやることが決定していた。

夜、まったく眠れず、Netflixで気になっていたオリジナルドラマを観る。恐るべきクオリティ。気がつけば朝。

10月6日（火）

睡眠時間がいよいよ滅茶苦茶になっている。今日はもうすでに90分ぐらいずつ3回眠った。起きている時もどこかボォッとしている。

夜スネークマンショーのCDを聞き返す。明日、岡村靖幸くんのラジオの収録に犬山イヌコと参加し、俺の書いたラジオコントを演じてもらうのだ。で台本を書かねばならないのだった。オンエアでは完成したコントよりもメイキングの過程の方がメインになると思われるので、台本は初見で読んでもらった方が面白かろう。なんなら、配付するところから放送してもよい。放送はなんと正月の予定だと言うから、おせち料理のクッキング番組のネタを考えた。まだ書いてないけれど、収録は夕方からだから、明日の昼間に書けばよい。

三度目の眠りから覚めて散歩。緊急事態宣言下の街に較べ、よく言えばだいぶ落ち着きを取り戻し、悪く言えばだいぶ慣れてしまった空気が漂う。「まだまだどうなるかわからないね」と言いながら、緒川さんと歩いた。

＊編集部注　パートナーである女優の緒川たまきさん

村田沙耶香（小説家）

10月7日（水）　朝は晴れている

深夜0時に目を覚ます。朝ごはんを食べ、2時まで原稿をやり、なんとか終わって編集さんに送った。iPhoneにインストールしている時差アプリを見ると、今、ニューヨークは6日のお昼くらいのようだった。アメリカの時間での今日は『地球星人』の英訳版、『Earthlings』の発売日なので、昼間のニューヨークの光景を想像してしまう。昨年、ニューヨークを訪れたとき出会った人たちや、訪れた本屋さんなどが頭に浮かぶ。翻訳に限らず、私はたびたび、感謝が増幅しすぎてどうしていいのかわからなくなるという、奇妙な発作のような状態になる。今朝もまさにその発作の状態になっていた。

感情が溢れるのを少しでも鎮めるために、翻訳サイトでなんとか短い感謝の言葉を書いて、翻訳家の竹森ジニーさんに送っていただいた本の写真と一緒に、SNSにアップロードした。

いつものことだが、私は言葉を伝えるスピードが遅いので、出会った人やお世話になった人、感想をくださった読者の方などに、うまく感謝だとか、感激を伝えられない。英語は一応勉強しているのにまだ全然できないので、なおさらだった。

そのまま再びパソコンに向かい、エッセイの原稿をやっているうちに頭がぼんやりしてきて、時差ぼけのような状態になった。時計を見ると5時25分、仮眠をとろうと思ってベッドに入った。寝たり起きたりしながら仕事をやろうとする。

12時ごろ、急いで英会話へ行く。ずっと部屋にいる日が続いていて、外の天気はアプリを見ないとわからない。雨が降るらしいので、ヒートテックを着て、手に傘を持ち、トレンチコートを羽織ってマンションを出た。着こみ過ぎたようで、すごく暑い。

せっかく外に出たので、その後病院をまわって薬をもらった。婦人科と内科に行き、薬を処方してもらう。

そうこうしているうちに本格的に雨が降り始めた。夕方、ファミレスに入り、夕ご飯と仕事をした。豆腐ハンバーグとひじきの定食を食べる。急ぎの仕事があるのに、つい現実逃避で小説を書いてしまう。

コロナ禍でほぼ外に出ない日が数か月続いていたが、少しずつ、換気のよさそうなカフェや、人が少なそうなファミレスに行ってみたり、オンラインだった英会話がマスクをして距離をとった状態ならばと対面になったり、家の外に出て、空を見る機会がたまにあるようになっていた。

21時まで仕事をし、文芸誌が届いているのを取りに行くために実家に寄る。家族に近寄らないように、マスクをしたまま家族と二メートル以上距離をとる。急いで文芸誌をトートバッグに詰め込んで実家を出た。家に帰り、原稿の続きをしようとするが、23時くらいに寝てしまった。


10月8日（木） 寒い雨（台風が近いという予報）

0時半ごろ目が覚める。

変な時間に寝てしまったせいか目が冴えていた。少し仕事をしたり、部屋の片づけをしたりした。

小さな仕事を何件か終わらせているうちに、午後になっていた。自分が一歩も家を出ていないことに気が付き、エアロバイクを漕いだ。今日はこのまま家を出ないで仕事することになりそうだと感じていた。

夕方になり、また時差アプリを開いてみた。今日はイギリスの時間を眺めた。イギリス版の『地球星人(Earthlings)』発売日の朝だった。まだ本は手元にないけれど、出版社さんのSNSで、本の装丁について説明されていた。暗くするとタイトルの文字が光るようになっていると初めて知った。とても驚いて、感激した。また感謝の発作に襲われて、感情が溢れてくる。感激をなんとか短い英語でお伝えしてみる。もっと深いところまで気持ちを伝えられるようになりたい、と思ったが、日本語でもいつも感謝を伝えきれていないので、一生無理なのかもしれないとも思う。

パソコンに向かい、原稿をやる。22時ごろ急激な眠気に襲われて寝てしまう。1時間だけ仮眠をしようとしたが、そのまま寝てしまった。

10月9日（金） 今日も寒い雨

0時に目が覚めた。すっかりこの時間に起きるサイクルになってしまっている。体に悪いとは思ったが、目は冴えていたし、朝の7時までに終わらせたい仕事もあった。

原稿をやりながらふとSNSを覗き、イギリスで、本の表紙に合わせてピュートのぬいぐるみとトートバッグが作られ、本屋さんに届いていることを写真で知る。とても嬉しかった。

3時に原稿を送り、5時までメールの返信をした。最近、iPadでばかり仕事をしているのでメールの返信をとんでもなく溜めてしまっていた。感謝と謝罪のメールを書き続けたが、全部は終わらなかった。

昼間に身体のトレーニングの予約をしてたので出かけた。これも、緊急事態宣言の後ずっと中断していたが、換気をしながら消毒をした個室で行うことになり、再開されていた。

目の前が真っ白になって倒れることがよくあるので、身体のために簡単なストレッチを習っていた。トレーニングしてから、頻繁に倒れていたのがだいぶ改善されていたので、できれば続けたいと思う。

トレーニングが終わったあと、内科に行かないと持病の薬がなくなることに気がつく。せっかく外に出たので文房具屋さんに寄った。

毎年使っている手帳がそろそろ出る頃で、好きな色が残っているうちに買いに行きたかった。今年もいつもの手帳を無事に買うことができた。

翻訳家の竹森ジニーさんにお借りしていたものを宅配便で送る予定があり、そのときにお礼にハンカチなど添えられないかなと思って売り場を見た。ハンカチ売り場のすぐ隣が動物フェアで、ジニーさんのお家で会ったことがある猫によく似た刺繍のブローチがあり、それを包んでもらった。

エスカレーターで、男性が透明なマウスシールドをしていた。こんな不思議なものが売っているのかと、少しびっくりしてつい見てしまった。

急いで内科に向かい、いつものお薬をもらう。「何か変わったことはないですか」と言われ、ないですと言ったけれど、そういえばいつも目の前が白くなることについてもっと前に相談すればよかったと後から気がついた。

それから、ファミレスで晩御飯を食べ、仕事をした。久しぶりに眩暈がして、身体がふらふらしていた。コロナ禍になる前はいつもこうだったな、と奇妙に懐かしい。コンビニでバイトをしていたときは毎朝吐いていて、しばらく意識が遠のいたあと、視界がクリアになるとすぐにパソコンに向かい、仕事をしていた。私にとってはその毎日が当たり前だった。それに比べれば軽い症状だと思い、少し仕事をする。けれどなんとなく体調がおかしくて、脈も変だった。20時すぎに家に帰った。動悸がして、疲れているのに寝付けずにいたが、なんとか眠りについた。

10月10日（土） 雨

3時に目が覚める。体はまだ疲れているのでなんとか寝ようとするけれど、眠ることができず、4時に起きる。

昼にマスクをした母が立ち寄り、長野から実家に届いたという葡萄をわけてくれた。

夕方になると体調はだいぶよくなっていた。

少し小説を書く。そういえば今日は一歩も外へ出ていないなと思い、エアロバイクを漕ぐ。家にいる時間が続いていても、Apple Watch に命じられるままに生きていると少し健康になれる気がする。運動をすると、Apple Watch が振動して何度も褒めてくれる。続けていれば目の前が白くなることもなくなる気がした。

そのまま眠れずにベッドの中で横たわっていた。5時ごろ、なんとか眠ることができた。

10月11日（日） くもり

9時に目が覚める。カーテンを開けたら真っ白で、雪かと思ったけどただ曇っていただけだった。

今日は体調が不安定で、なかなか起き上がることができなかった。夕方、やっと家を出た。輸入食品店で食材を買った。

それからファミレスへ行き、原稿をやる。外だとやはり進む。一方で、ファミレスもコロナで営業時間を短縮しているし、テーブルの数も減っている。人はあまりいないが、リスクもあるのにこんなことをしてていいのか不安になる。気軽に深夜の2時や、3時まで原稿をしていたころが懐かしい。

帰宅して、エアロバイクを漕ぎ、24時ごろ眠った。

10月12日（月） くもり

2時に目が覚めて、そのまま眠れなくなる。4時に起き上がり、仕事をする。

昼過ぎに本当にとてつもなく久しぶりに、友達が家にきた。誰かが自分の部屋にいることなんて何か月ぶりだろうかと思う。直接人と会えたことが本当にうれしい。

友達が帰ったあと、晩御飯にサラダを食べて、仕事をし、1時ごろ眠った。すごく幸せな日。

10月13日（火） 今日も曇っている

2時に目が覚めてしまい、眠れずに、5時に起き上がった。

昼までなんとか仮眠をとろうとするが、うまくいかない。睡眠不足が続いて疲れが溜まってくると軽い吐き気がずっと続く。今日はこの症状が出ていた。

昼に歯医者の予約をしていたので、あまり眠れていないまま向かった。昔近所の歯医者で治療したところをなおしてもらったのだが、先生が「土台がない」という。土台がないとは一体今まで自分の歯はどういう状況だったのだろう。わからない。

異常に眠く、治療中に寝てしまいそうなくらい朦朧としていた。

15時に終わるが、夢遊病にでもなったように、立って歩いても頭が眠っている感覚だった。

大手町に向かい、喫茶店に入り仕事をした。吐き気と眩暈がする。けれど、仕事をちゃんと進めているときはいつものことだと思った。朦朧としているのを何とかしたくて、コーヒーの大きなサイズを飲んだ。

17時からは、読売新聞社で読書委員会だった。読書委員会の途中でコンタクトにゴミが入り、左目のコンタクトをこっそりとってケースに入れた。そこからずっと片方ぼんやりした視界だった。寝不足の上、片目しかコンタクトが入っていないのでますますふらふらする。

帰ってやっと右目のコンタクトをとって眼鏡をかける。とても疲れていてそのまますぐ寝てしまう。

23時に目が覚める。そこからなかなか寝付けず、じっと天井を見ていた。

柳美里（小説家・劇作家）

10月14日（水）

昨日は、話が出来なかった人と話をすることが出来た。その声の波紋みたいなものが広がり続けて、明け方まで眠ることが出来なかった。

初対面ではない。同じ場所で何度かばったり遭っているので、自己紹介を含めた挨拶はしている。今年の3月23日には、彼が自宅跡地に建てた小屋の前で昼食をごいっしょした。わたしがコンビニで買ったおにぎりを食べていると、彼がレトルトのカップ味噌汁にお湯を注いでくれた。味噌汁ではなく、豚汁だった。豚汁を啜りながら、彼がいつも連れているドーベルマンが癌を患っているという話を聞いた。ドーベルマンはメスで、震災の前年に飼い、ベルという名であることも教えてもらった。

でも、あの時はまだ、彼の話す声は、わたしの方には向かず、わたしもそうっと聴くだけだった。

彼とは、木村紀夫さん（55歳）のことである。木村さんたち6人家族が暮らしていたのは、東京電力福島第一原子力発電所から4キロ離れた福島県双葉郡大熊町熊川地区。現在は、「帰還困難区域」に指定され、原発事故によって発生した除染土や廃棄物を30年間保管する「中間貯蔵施設」予定地でもある。

地権者であっても、立ち入りが厳重に制限され、事前に許可申請書を提出しなければならない地域なので、わたしは毎回地権者の（有機栽培で梨を作っていた）鎌田清衛さん（78歳）の一時立ち入りに同行する形で、身分証明書を携帯してゲート内に入る。過去のスケジュール帳を遡って数えたことはないが、おそらく10回は入っている。

木村紀夫さんは、東日本大震災の津波で、妻の深雪さん（37歳）と、父親の王太朗さん（77歳）と、次女の汐凪ちゃん（7歳）を失った。

木村さんが海辺の自宅に行ったところ、自宅は跡形もなく流され、泥だらけのベルだけが、深雪さんが握っていたリードを引き摺って走り寄ってきた。木村さんは夜を徹して3人を捜したが、翌12日に原発が水素爆発を起こして避難指示が出されたため、長女の舞雪さん（10歳）と母親の巴さん（72歳）を安全な場所に避難させなければならなくなった。

２０１１年4月10日に深雪さんがいわき沖の海上で見つかり、4月29日に王太朗さんが自宅の前で発見されたものの、汐凪ちゃんは見つからなかった。木村さんは避難先の長野県白馬村から大熊町に通って、２０１６年12月9日にマフラーに残っていた顎骨を見つけ、ＤＮＡ鑑定の結果、汐凪ちゃんのものと判明した。木村さんは、娘の全身を見つけるまで国には土地を売却しない、と今も捜索を続けている。

わたしの案内人の鎌田さんは、木村さんの親戚に当たり、木村さんのことを「紀夫くん」と呼ぶ。

木村さんはいつも頭に白いタオルを巻いた作業服姿で、わたしは防護服を着ていることが恥ずかしいような心持ちになる。

今回、わたしはずっと質問したかったことを、木村さんに訊くことが出来た。

「見つかったマフラーは何色だったんですか？」

「水色です。お姉ちゃんがピンク。お揃いで買ったんだって……」と、木村さんはベルの頭を撫でた。

木村さんは汐凪ちゃんが通っていた熊町小学校にわたしたちを連れて行ってくれた。丈の高い雑草を掻き分けて校庭を横切り、一階の窓から1年2組の教室を覗いた。国語の授業中だったのか、どの机の上にもたくさんの付箋で分厚くなった黄色い国語辞典があった。

「汐凪ちゃんの席は？」と質問すると、木村さんは窓ガラスに顔を近づけて指差してくれた。廊下から3列目の前から3番目の席だった。机の上には、『こびとづかん』が置いてあった。

「汐凪のものがたくさんあるんですが、何一つ持ち去りたくないんです。このままずっと置いておきたいです」と、木村さんは言った。

10月15日（木）

一日中、来年1月に文藝春秋より刊行予定の『飼う人』文庫版の初校ゲラに手を入れていた。文庫として再出版する作品を推敲するかどうかは、作家によって方針が分かれるとは思うが、わたしは今まで全く手を入れなかった。雑誌掲載、単行本出版の前に、校了ギリギリまで何度も何度も読み直し、これでもかこれでもかと手を入れ続け、もう直すところは一字もない、という段階で手を離しているので、文庫は担当編集者

page
58
こうら

特選
にんじん
大地のめぐみ
OPEN

や校閲者から疑問点があった場合のみ、そのページを読み直すことにしている。

文庫出版は、単行本出版から2、3年後になるので、使う字句や文体が変化しているということもある。その時のわたしは、その言葉を選ぶしかなかったのだから、その選択を尊重してやりたい。

だから、こんな風に、文庫ゲラの最初のページから細かく手を入れるのは、柳美里史上極めて異例なことなのである。

何故？

今朝、毎年初夏から深秋まで育てているツマグロヒョウモンの幼虫の1匹が蛹化に失敗して地面に落ちているのを発見した。ピンセットを使って、腹部先端にある突起部をミシン糸で縛り、外れないように水のりで固めて、ローズマリーの枝に、頭を下にした逆さ吊り（垂蛹（すいよう））の状態にしてやった影響だと思う。『飼う人』収録の最後の短編のタイトルは「ツマグロヒョウモン」だから。

10月16日（金）

『飼う人』文庫の初校ゲラは、午前2時過ぎに終わった。さぁ、荷造りだ。わたしは荷造りが大嫌いだ。この世の中で最も嫌いだと言っても過言ではない。1泊分なら4、5時間で終わるが、数泊分だと確実に丸1日かかる。しまいには、何をやっているかわからなくなり、入れたものを出したり、また入れたり――、を繰り返し、「間に合わない！」と叫んで涙ぐんだりもする。パニックになって、冷蔵庫から口の開いた牛乳パックを取り出して横倒しに入れ、洋服や本を牛乳浸しにしてしまったこともある。

今回も、やはり明け方になってしまった。歯をみがいて風呂に入って着替え、一眠りもしないまま小高駅に大きなキャリーバッグを引き摺っていき、今年の3月14日に全線開通した（帰還困難区域の双葉、大野、夜ノ森駅の3駅が不通だった）常磐線に乗った。

3時間半で上野駅に到着し、地下鉄に乗り換えてから、常磐線車内にキャリーバッグを置き忘れたことに気付いて慌てて引き返した。

キャリーバッグをピックアップして再び地下鉄に乗り、表参道へ。3件の打ち合わせを終え、兵庫県豊岡市へと向かう。4回の乗り換えで5時間半——。

9月に豊岡演劇祭のトークイベントの仕事に行った時は豊岡駅前のホテルを予約してもらっていたので、てっきり今回の行き先も豊岡だと思い込んでいたら2駅手前の江原だった。戻りの終電は1分前に出てしまった。青年団制作の木元太郎さんのスマホにSOSの電話をかけると、青年団所属俳優の島田曜蔵さんが迎えに来てくださるという。駅前のベンチで島田さんを待ちながら、島田さんが演じた「ヤルタ会談」のチャーチルと、「日本文学盛衰史」の田山花袋を思い出していた。

青年団の本拠地である江原河畔劇場から歩いて数分のビジネスホテルセピアに到着したのは、日付が変わる直前だった。

10月17日（土）

今日から2日間、演劇人コンクールの審査員として芝居を観まくらなければならない。

江原河畔劇場の控え室で、平田オリザさんと会う。オリザさんは、わたしが家族以外で最も頻繁に会う人である。

9月14日には城崎文芸館で、オリザさん、市原佐都子さん、岩井秀人さん、前田司郎さんと共にトークイベントに参加した。

10月7日には「座・高円寺」で青年団公演「馬留徳三郎の一日」を観て、オリザさんと高山さなえさんとアフタートークを行った。

この1ヶ月でZoomでも2回ばかりオリザさんと会議を行っている。

青年団の旗揚げは1982年で、オリザさんが20歳の時。青春五月党の旗揚げは1987年で、わたしが18歳の時。当時は「いま注目の劇団」というような特集で、大人計画、遊◎機械／全自動シアター、自転車キンクリート、キャラメルボックス、善人会議、燐光群、東京グランギニョル、新宿梁山泊、花組芝居、健康、遊園地再生事業団などと共に取り上げられることが多かったが、オリザさんとはあまり接点がなかった。

30年の時を経て、1ヶ月をおかずにオリザさんと会って芝居や演劇祭の話をしているのが、不思議で仕様がない。東日本大震災以来、絆という言葉が持て囃され、その言葉を見聞きするたび、わたしは眉を顰めていたが、他者によって自分という存在の意味が眩いほど照らし出されることがある。「人間というのはさまざまな絆の結節点にすぎない」というのはメルロ＝ポンティの言葉だが、おそらく、わたしもオリザさんも、その結節点としての役割を担っているから、出遭ったのかもしれない。

10月18日（日）

演劇人コンクールは、演出家の力量を問うコンクールで、課題戯曲の中から、エントリーした演出家が一作品を選んで演出する。今年は、別役実の『受付』が一番多くて4人、次いで岸田國士の『紙風船』が2人、谷崎潤一郎『お國と五平』と三島由紀夫『班女』は、それぞれ1人ずつだった。

審査員は、オリザさん、わたし、伊丹市の劇場「アイホール」ディレクターの岩崎正裕さん、アートプロデューサーの相馬千秋さん、漫画家のひらさとるさんの5人である。

議論の結果、最優秀演出家賞の該当者は無し。優秀演出家賞に『お國と五平』を演出した神田真直さん、『受付』を演出した宮田清香さん。奨励賞は宮田さんの『受付』に出演した大橋繭子さん、一宮周平さんの『受付』に出演した佐藤竜さんに決定した。

オリザさんの「全ての劇場が上演をやめても、青年団の江原河畔劇場は上演を続けます。最後まで上演する劇場になります。コンクールも続けます」という言葉に、客席の演劇人たちは頷いていた。涙ぐんでいる人もいた。今年は、演劇人にとっては余りにもつらい一年だった。来年以降の先行きも、決して明るくはない。新型コロナウイルスを数年間で撲滅できるという考えは現実的ではないという専門家の意見も出てきている。ウイルスに有効なワクチンが開発されたとしても、長期的な効果が得られる可能性は低い、と——。

青春五月党も、来年は3本の公演を計画しているが、コロナの感染者が爆発的に増加したら、本番直前に公演中止を決断せざるを得ないかもしれない——。

10月19日（月）

江原駅の券売機の上の路線図を見ていたら、山陰本線一本で鳥取に行けるということに気付いた。鳥取といえば鳥取砂丘、鳥取砂丘といえば写真家・植田正治、植田正治といえば、名作「小狐登場」である。

駅員に訊いたら、鳥取まで2時間20分だということなので、行くことにした。

鳥取砂丘は、暑かった。

想ったよりも観光客で賑わっていたが、誰も彼も薄着で、モヘアのセーターの上にライナー付きのトレンチコートを着ていたのは、わたしだけだった。南相馬市の最低気温は既に一桁で、朝晩はストーブをつけなければ、寒い。キャリーバッグの中には、真冬の洋服しか入っていなかった。

わたしは、我知らず「月の沙漠」を口ずさんでいた。

「月の沙漠を　はるばると
旅の駱駝がゆきました」

はるばると、っていい言葉だな。

小高での暮らしの中でも、わたしはいつも、はるばる来たな、と思っている。

10月20日（火）

植田正治写真美術館に行きたかったのである。

前日に鳥取砂丘を歩いてから、写真を見たら、作品世界を体感できる、と思ったのである。植田正治写真美術館の定休日が火曜だと知らずに——。

鳥取砂丘は後回しにして、まず、植田正治写真美術館に行くべきだった。不幸中の幸いは、電車に乗る前に今日が休館日だと気付いたことである。米子駅からのアクセスを調べようと美術館のホームページを開いたのが幸いした。

今年最後に観た写真展は、Bunkamuraのソール・ライター展だった。1月23日、坪内祐三さんの葬儀の後に、写真の中の赤い傘が弾く雨音に耳を澄ましながら、自分もまた消え去る存在だということを強く意識したことを憶えている。死への不安や畏怖ではなく、わたしが含まれる過去が夕暮れ時の影のように薄くなるような感覚を味わった。

年内は無理かもしれないが、来年のいつか、植田正治写真美術館を訪れ、もう一度鳥取砂丘の上から海を眺めてみたい。

コロナのせいで、映画館で観られなかった映画や、中止になった展覧会や演劇公演はたくさんあるが、映画館で観られなかったことが最も悔やまれるのは、テレンス・マリックの『名もなき生涯』である。どこかの映画館が再上映してくれないだろうか？

徴兵によって旅立つ主人公が大草原の斜面で老母と別れる、バッハの「マタイ受難曲」が流れるシーンを映画館のスクリーンで観てみたい。キリストの受難に匹敵するような痛苦を身に受けた主人公の、自分の死後も持続する時の流れに対する憧れが、悲しく、美しかった。

スケジュール帳をめくったら、U-NEXTで『名もなき生涯』を観ながら、わたしは字幕をメモしていた。

「今後のことは今もわからない。良くなることは、まずない。
それでも六月は始まる。
最も美しい月だ。
自然は人々の悲しみに気づいていない。
ここにいると見えないけれど、今までで一番美しい緑だろう」

上田岳弘（小説家）

10月21日（水）

年初の予定では今頃は東アジア文学フォーラムに参加のために、中国は西安にいるはずだった。西安と言えば、兵馬俑が有名な古都。日本で言えば京都みたいな位置づけの都市だ。始点と終点に興味を持ちがちな自分は始皇帝が昔から気になっていた。兵馬俑もぜひ見たかったので残念だが、1年延長ということなので来年に期待。朝10時から、準備中の二作目の長編の打ち合わせ。起稿したのは「ニムロッド」や「キュー」を書いていた頃で、随分長い間取り組んでいる作品ということになる。ただ昨年は文筆業（の主に取材対応まわり）、個人でやってるコンサル業、所属会社業務ともになかなかの多忙ぶりでまともに取り組めていなかったから期間は長いが腰が入った期間は6ヶ月程度かもしれない。改稿を進めている内に、くだらない疫病の蔓延のために書いているものが芯を食ってないような感じがしてくる——かと思いきや、打ち合わせしている内に、そうでもないな、と思い直す。小生の怠慢であるとはいえ、まだ世に出していなくてよかったかもしれない。2時間ほどZoomで打ち合わせし、昼食に卵とじ蕎麦を食す。それからオフィスに戻って会社業務。その後短編の原稿を4000字書く。近頃短編ばかり書いている。コロナ騒ぎの渦中における、現場レポートを書いている気分。原稿用紙30枚の作品にする予定で、1日4000字を三日続けて初稿をあげる目論見で、本日は二日目。無事合計8019字となる。なせばなる、なさねばならぬ何事も。

10月22日（木）

10時から月1のラジオ出演。レギュラーが始まった初回のみスタジオで収録し、その後はずっと電話出演が続いている。当初は味気ない感じがしたけれど、楽は楽である。今回のトピックは「スローメディアとしての文学」だった。疫病が国内で蔓延し始めた2020年2月〜6月の間で、カミュの『ペスト』が30万部を越える増刷がかかったことなどを話す。収録終えて、昼食には博多ラーメン。メールチェックなどして過ごし、夕方からNewsPicksが発行するムック本の取材のため大手町に移動する。トピックは「2021年の経済予測」、「新内閣の評価」など。最近の気になるニュースとして、ビットコインとイーサリアムがPayPalで利用ができるようになるという話を俎上に。取材を終えて、短編「下品な男」のゲラを新潮編集部に戻す。根が上品なので、自分とは全く違う下品な男を書くのは楽しかった。

10月23日（金）

朝から会社業務をし、昼食にインドカレーを食し、午後から短編に取り組む。今日4000字を書き足し初稿完成する見込み。15時からオフィス近くで『ニムロッド』文庫化の打ち合わせ。1日4000字を書く場合、1ラウンドを1333字として、それを3ラウンドまわすのが習いで、打ち合わせの前に2ラウンド、2666字書いていたので、残りは1ラウンド。さて、完成するかな、とぱたぱたとキーボードを打ち、無事17時過ぎに初稿完成。12489字。タイトルを検討し、「アマビエ」とする。推敲のスケジューリングをしようと思って確認すると、11月4日だと思っていた締め切りが実は誤記で、正確には11月20日であることが発覚。11月4日は、ギブアップ（＝原稿が間に合わないので寄稿を断念）するかどうかを決めるつもりの日であったことに気付く。「連休の最終日だと思っていた日に、日数の数え間違いに気づいてもう一日休みがあった」みたいな心境。ラッキー。

10月24日（土）

朝起床すると娘（4歳）とベーコンエッグの材料を買いにコンビニに向かう。卵はまだのこっていたので、5枚入りのベーコンを買って帰宅。小松菜を付け合わせにすることにして、子供用の包丁で娘が細かくする。いつもはもっと手伝いたがるのだけれど、今日は「きめつたまごっち」の世話の方が興味があるらしくてそっちにいってしまった。けれどベーコンエッグを作り終わると、「もっと手伝いたかった」とクレームを受ける。その後くら寿司で昼食を取るも「鬼滅の刃ビッくらポン」は既に品切れで終わっていた。家に戻ると、隣のちーちゃん（仮名、4歳）がでてきて娘と遊びだす。最近購入した椅子の入っていた段ボール箱で段ボールハウスを作ってやって遊んでいる内に日が暮れる。

10月25日（日）

昨日作った段ボールハウスで昼からひき続き庭で遊んでいると、ちーちゃんとそのお兄ちゃんのリュウト君（仮名、8歳）が出てくる。少しすると、はす向かいの、ケンケン（仮名、9歳）も出てきて、人数も十分だということで、4歳児にはハードルが高かった「ドンジャラ鬼滅の刃」を取り出して、みんなでドンジャラをする。水の呼吸の役を出したリュウト君が一等だった。そんなこんなで、日が暮れる。

10月26日（月）

ＧｏＴｏに出遅れて、平日しか取れなかったため、月曜日から一泊で箱根旅行。温泉に入りご飯を食べ、寝続けるだけの旅。食べ放題、飲み放題でべろんべろんになるかと思ったが案外そうでもなかった。

10月27日（火）

箱根から東京に戻り、妻と子供を家で降ろしてそのままコンサル先に向かう。休みが終わり、平日への回帰。

近藤聡乃（マンガ家・アーティスト）

10月28日（水）

朝五時ごろふと起きたら、階段の踊り場に置いた猫ハウスでクレオが寝ていた。「クレオ」というのは現在仮住まい中のブルックリンの家の裏庭にいた元野良猫である。夏に子猫を産んだので、親子共々家猫にしてしまうことにしたのだ。子猫はまだご近所さんに預けられていて、クレオは昨日ワクチンを打ったところ。午前、マンハッタンのソーホーの自宅の様子を見に行く。四月に建物上階でボヤが起こり、二階の我が家は消火の水で水浸し、現在復旧&リノベーション中なのである。あれから半年以上たつというのに、まだ家に戻れない。画材屋に寄り、『ハルタ』（「A子さんの恋人」を連載していたマンガ誌）の十二月発売号のカバーイラストを描くための画材を購入。仮住まいがこんなに長引くとは思ってもいなくて、画材等も倉庫に入れてしまったのである。帰宅後、クレオの姿が見えないので探し回ったら、ようやくパントリーの棚の下の隙間で発見。

10月29日（木）

早朝からクレオがミャオミャオ騒ぐので寝不足。窓から裏庭を見て「なぜ私は外へ出られないの？」と言っているのである。必死の訴えに心が折れそうになるが、検査の結果病気があることもわかったし、「もう外には出せません、ずっと家にいるのです」と言い聞かせるが聞いてない。『ハルタ』カバーイラストのため紙をパネルに水張りして制作開始。夜八時頃、ようやくクレオが棚の下から出てくる。今日は十三時間ほどそこに引きこもっていたことになる。夜、久しぶりに『高丘親王航海記』を読みつつ寝る。夜中、物音で目が覚める。クレオが何かしているようだ。

10月30日（金）

朝、バスルームで娘（アメリカ人の夫の娘二十二歳、現在同居中）の歯ブラシが下に落ちていた。昨晩の物音はこれか。昼、亜紀書房さんから『ニューヨークで考え中』三巻のカバーまわりと本文のゲラが届く。編集の田中さんが誕生日プレゼントも同封してくださった。来月七日に四十歳になるのである。『猫のための家庭の医学』もプレゼントのひとつで早速読む。今まさに私に必要な本である。

10月31日（土）

午前、『ニューヨークで考え中』カバーまわりを戻す。『ハルタ』カバーイラスト続き。午後、近所の日本食材店「サンライズマート」で買い出し。「今日はハロウィーンだし」とキットカット抹茶味と歌舞伎揚を一応購入。どちらも娘がおいしいと言っていたし、アメリカの子供も好きだろう。しかし結局、子供は一人も訪ねて来なかった。パンデミック中だし、そうですよね……。

11月1日（日）

今日から冬時間で、得した気分。ゆっくり寝たのにまだ七時。夫、娘の期日前投票に同行。選挙権のない私は、投票所である教会の外で待ちつつ様子を見る。行列してはいないが、人の出入りは活発だった。次回更新分の「ニューヨークで考え中」に描く予定なので付近の写真撮影もする。投票を済ませた二人は「I Voted Early!」のシールや、リストバンドをもらっていて羨ましい。そのまま投票所近くのSadelle'sでブランチ。コロナ対策で設置された屋外席で食べる。屋内飲食も可能ではあるが、まだ収容人数の25%に制限されている。帰宅して『ハルタ』カバーイラストの続き。

11月2日（月）

朝、ご近所さんから子猫を受け取り、動物病院へ。大風でケージにかぶせた布が風にあおられつつ、なんとか子猫を届ける。クレオのうんちのサンプルも検査に出す。子猫は大変良い子だったとのことで、あっという間にワクチン接種完了。大暴れした母のクレオ（診察台の上のものを全て払い落とし、棚のてっぺんに駆け上ったそうな）を思い出して笑ってしまう。ワクチンは七〜十日で効くとのことで、来週には子猫もうちに引き取れそうで楽しみ。夫がなぜか『ポン酢』と名付けたい」というので子猫は「ポンズ」である。

11月3日（火）

獣医さんから「クレオのうんちに異常なし」と連絡があった。野良時代に鳥や虫を狩ってバリバリ食べているのを何度も目撃していたので意外だった。『ニューヨークで考え中』本文ゲラチェック戻し、『ハルタ』カバーイラスト仕上げ、働きつつも落ち着かない。今日は大統領選挙である。早めに夕食を済まし、CNNの選挙特番を観る。若い世代の政治への関心は高いようで、娘の友人は「みんな投票した」とのこと。バイデン氏が確実に取るニューヨーク州ではなく、進学先の州で投票した人もいるという。前評判では「バイデン氏優勢」だが、前回のことを思うと誰も「大丈夫」とは言わない。クレオはさっきから二階の寝室と一階のリビングを行ったり来たりして、私たち同様落ち着かない様子。キャスターが各州の地域別に「青か赤か（バイデン支持かトランプ支持か）」解説している。都市部は「青」で、地方は「赤」が多い。NY州でも都市部を離れると「赤」。接戦のまま開票が進み、ウィスコンシン、ミシガン、ペンシルベニアの三州が決め手になりそうだと何度も繰り返している。今のところ三州ともバイデン氏劣勢だが、郵便投票はどうか。フロリダもトランプ氏優勢。アリゾナはバイデン氏優勢。結局この日のうちに結果は出なかった。ぐったりと疲れ、不安のまま眠る。

黒河内真衣子　（デザイナー／Mame Kurogouchi）

11月4日（水）

お昼にチェリーでナポリタンとバナナジュースを食した後、来年の展覧会の書籍のミーティングがスタートする。自分の10年を振り返るというのはとても不思議な感覚で、当時のノートを開くたびに色んな記憶がやってきて楽しく切ない。毎シーズン1冊作っているノートには自分の生活の中のかけらがちりばめられていて後になってみると面白い。デザインのスケッチ、道で拾った葉や花びら、日記、眠いよというメモから、様々だけれどその当時の気持ちを読み取るのはとても愛しい。総研さんと10個の言葉を決めてそれに付随するコレクションをわけていく作業。一つずつ思い出しながら整理する。来年までこの作業が続くと思うと胃がきりきりもする。自分のことは自分が一番わかっている様で見つめるのはとても根気がいる作業。帰り道、脇に抱えた袋から花梨のいい香りがする。毎年庭には美しい花梨が実ってその様子を眺めながら仕事が出来るのがこの場所のとても好きなところの一つ。夜なのに東京の空は青くて明るい。自転車の帰り道は手がかじかんで、そろそろ手袋が必要だなぁと思う。

11月5日（木）

板室（いたむろ）から瀬沼健太郎さんの硝子達が届く。在宅期間中、毎日気持ちが健やかだったのは彼の花器に花を生けていたからだと思う。瀬沼さんの硝子は大地から水が立ち上がったような質感をしていて水を注ぐと内側から発光する。花を生けるために下の方の葉をもいだりするのが当たり前になっていたけれど、そのまま花器にいれた時のゆらゆらと揺れる葉は、朧げに透けて夢を見ているような気持ちになった。花を投げ入れるたびに自分自身が試されているようでいて、包み込まれるような不思議な花器たちだ。秋田の冬は酷烈ではあるが、様々なテクスチャーをしていてそれを閉じ込めているとおっしゃっていた。冬の軒下のつららの氷にも見えるし、細かく入った気泡は雪片、硝子の流れは凍った水溜りの様にもみえる。しかし朝眺めると森に滴る春の雪解け水にも見えて、そんな様々な景色が見えるというのはなんて素敵なんだろうかと思う。夕飯の時、届いたばかりのグラスに水をそそいで飲んだ。水位まで透明度が増したその美しいグラスはまだ見ぬ冬の秋田を思わせ、私を誘っている気がした。

11月6日（金）

ここ数日、頭の中がマーブルプリントのことでいっぱいだ。色の粘土を練って、切って組み合わせて柄をプリントする日本でしかできないとても面白い技法。手作業による歪みから生まれた柄は途轍もなく美しい。うちの窓にはブラインドがついていて、夕暮れ時や、明るく照った月の光が入ると、部屋中がストライプに染まる。直線的なストライプが、布団やソファの上では歪んで曲線になり、様々な角度が入り組む様子を見て、これをマーブルプリントで表現できないかと考えた。ここ数日は頭がぐるぐるとこんがらがり、何を見てもマーブル模様に見えてしまう。それでも作業が進まぬ数日を過ごしていたが、何気なくブラインドの写真を歪ませてみると自分の頭の中の図案と重なり合う。それを大きく出力して切って貼って床に広げた。手を動かすと色んなものが混ざり合って、溶けて柄が描かれていった。この仕事をしていてとても好きな時間だ。混じりあって流れだしたら、凝り固まっていた頭が柔らかくなって色んなアイディアが次々とやってきた。ようやく今シーズンのスタート地点に立てた気がする。

11月7日（土）

友達のストーカーはメゾングランドというマンションを探している。電話をかけたのは白髪の老人。全面ガラス張りの建物は太陽が照ると磨りガラスがキラキラと光っていた。廃墟も同然ながら、壁紙やソファは淡いパステルカラーをしていて剥がれているけれどどこが美しかったことを物語る。磨りガラスに男は顔を近づけて大きなカメラを持っている。みんなが猫を飼っている。彼が拾ってきた子猫は3匹いて、1匹は恐ろしく衰弱している。どうしようと戸惑いながらもその小さな猫が愛おしい。犯人の男はファッションデザイナーで体育館で素晴らしい美しいコレクションを発表した。ねぇねぇこの前はびっくりしたわぁと突然女が喋りかけて、拍手喝采をもらっている男は迷惑そうだった。横の住人は犯人でストーカーでデザイナーで銃を使って上下に撃つ。上下真っ直ぐ弾は行き交い上下に真っ直ぐの線がたくさん見える。

午後日比谷に映画を見にいく。今日みた夢の様に沢山時間が歪んで弾が飛び交う映画だった。結局みたのはどっちが映画だったんだっけと、帰りのタクシーの中から夜の皇居を眺めながら思う。

11月8日（日）

仙人に案内されて庭の美しい大学に入学する夢を見る。目が覚めてからぼーっとそれも悪くないのかもと思う。今私は自分の中のことにもっと時間をかけたいと思っている。1年に4回の発表は忙しくて頭の中はぐるぐる追いかけっこだ、やりがいはあるけれど、生涯の仕事もきちんと残していきたい。今お風呂で長野の歴史についての本を読んでいて、それらはこの歳で読むとなんというかすごくすっと入ってくる。私の生まれた信州長野には縄文や養蚕も含め様々な文化が根付いている。自分はこの土地の人間なんだなぁと腑に落ちるところが沢山あるのだ。焦らずじっくり時間をかけて自分の中身を育てること、それから繋がるなにかと出会えたらまた新しい景色が見えそうだなぁと思う。お風呂を上がったら今日もいい天気で部屋の中にストライプの光が差し込んでいた。冬の光はとてもきれいで長野に次いつ帰れるかなぁと思う。

11月9日（月）

月曜日はミーティングの日。私は毎日持ち歩いているノートの後ろに、毎シーズン小さなMDマップを描いている。それらはとても小さな表で、一つのドレスの絵は1.5㎝ほど。それがすし詰めに並んで描かれている。その小さな表を眺めて全体のMDバランスを考えていく。スタッフ全員に送るデザイン画も、大きなMDボードもあるけれど、その毎日のノートの小さな絵型が私にとっては大切で、それを見るとコレクションが俯瞰でみれるし、最終的な店頭ラックまでが見える。ミーティングでは自分が描いたコレクションをみんなに地図として渡して、そこからどうやって旅をしていくかを話し合っていく。私はその作業がとても好きだ。10年前始めた時は1人だった。今は沢山の仲間がいるからマメが出来ている。

11月10日（火）

アトリエでのいくつかの打ち合わせをこなして、夜はいつもの喫茶店へ行く。私はいつも同じ喫茶店でデザイン画を描いている。静かなこと。光が綺麗なこと。そして店主との距離感が程よくあること。そういったいくつかの自分の中の項目を満たす居心地の良い空間。そんな素敵な喫茶店に出会えるととても嬉しい。ちくたくという古い時計の音、壁にかかった眼鏡の写真の男性。もう何回も行っているけれどその人は居ない。そこかしこに感じる彼の気配と愛おしさの空気にご夫婦だったのかなと思う。だから何も聞かない。頭の中の整理に、このお店はとても居心地が良い。私はいつも混雑している。だから余白がとても大切で、それは実際の空間であったり、目の前の景色であったり、時間だったりする。時計の音はどこか進んでいるようで止まっている気もする。その時間の中で私は泳ぐように混雑を仰いでいる。いつかは店主との距離がほんの少し近くなっているのかもしれない、その頃には何を生み出しているのだろうと思うと、ゆっくり、それらを楽しみたいなと思うのだった。

柄谷行人（批評家）

11月11日（水）

午前中、「力と交換様式」という論文の続きを書く。書き始めてから二年以上経つ。私は長い間、といっても、今年の三月以来であるが、自宅に閉じこもり、散歩はするものの、人にはほとんど会わなかった。むろん、コロナ禍のせいである。ウイルスについては、春に文芸誌に、古井由吉の追悼を兼ねて書いた。しかし当時は、疫病は年内には落ち着くだろうと思っていた。

　あれから半年以上経っても、疫病は終わらないし、私もそれに馴れた。むしろ、人に会いたくないのだ。

午後は、いつものように散歩に行き、その後カフェへ。今日は、近所の見附橋のそばの、団地が並ぶ区域を歩いた。意外なことに、その中にも丘陵があり、小さいながら里山が残っていた。

夕刻、朝日新聞の書評委員会に行く。二月以来である。この間、オンラインの会合もあったが、私は辞退していた。しかし、一度は顔合わせをしなければいけないということで、電車に乗って出かけた。ただし、今日は通常の会議ではなく、四、五人知り合いが集まって雑談しただけであった。来週はズーム会議に出てください、と念を押された。

11月12日（木）

午前中は「力と交換様式」を書く。午後は散歩に出かけ、それからカフェに行って本を読んだ。私が歩くのは多摩丘陵である。関西の大学を辞めて東京に戻ったとき、この地を住居に選んだ。近所にある「長池」が気に入ったのである。二〇〇七年から、長池公園の自然館で不定期の「講義」を始めた。今も「長池講義」というサイトがあるし、ときどき講義を開いている。ただし、会場の都合で、長池ではなく都心で。

三月以来、電車に乗ることはほとんどなく、毎日近くの里山を一万歩以上歩いている。人には会わないが、日頃見かけない動物に出会うことがある。朝日新聞の記者で、九州で稲作と狩猟をやっている近藤康太郎氏の本『アロハで猟師、はじめました』を書評したときにも、そのことに触れた。そのあと、彼はその礼とともにケモノには気をつけるようにと警告してきた。しかし、私が出会ったのは、せいぜい狸や雉のようなものである。

ただし、多摩丘陵には、ものすごい所が一つある。多摩動物園である。虎やライオンがいるのだから。多摩センター駅から丘陵沿いに歩いていき、知らぬ間に動物園にたどりついたことがある。ここには昔から何度も来ていたが、電車で来たのとは印象がまるで違う。そもそも私は、この動物園が多摩丘陵にあること、また、丘陵をそのまま残していることに初めて気づいた。たとえば、園内は坂道が多く、飼育係の人たちがオートバイで往来していた。しかし、多摩丘陵といえども、もはや安全ではないようだ。今日、カフェで読んだ、『けものが街にやってくる』（羽澄俊裕著）という本によれば、多摩丘陵にもケモノが出没しているらしい。

11月13日（金）

朝から仕事の続きをやり、また、散歩とカフェ。散歩は、近くの長池公園とそこにかかる見附橋の周辺から出発した。見附橋は、四ツ谷駅前にあった橋を移設したもので、大正期に完成した、ネオバロック調の建築である。一方、長池のほうはもっと古い。小山田城主が討たれたとき、側室の一人が、侍女たちとここで入水したという。彼女は、浄瑠璃姫と呼ばれ、池の脇には記念碑が立っている。浄瑠璃姫伝説は各地にあるので、疑わしいが。

この池から、万葉集に出てくるという「よこやまの道」を歩くと、町田市の小山田城址に至る。そこまでは、よく歩いたことがあった。しかし、今日は、反対方向に歩いていて、知らぬ間に、小山内裏公園の入り口に着いた。この公園にはこれまで車で何度も行ったことがあったが、それが小山田城址とつながっていることに気づかなかった。私がいる「長池」の辺りは、ちょうどそれらの中間に位置している。要するに、自分がどこに住んでいるのか、初めて悟った次第である。

11月14日（土）

『ニュー・アソシエーショニスト宣言』（作品社）のゲラを直した。これは二〇年前に関西で始めたアソシエーションの運動ＮＡＭをふり返り、検討した記録である。ＮＡＭは二年ほどで解散したが、その後も、別のかたちで続いていた。「長池講義」もその続きであり、反原発の国会前デモもその続きであった。この本は一年前に書きあげたのだが、コロナ禍のおかげで、出版が一年遅れたのである。今日は、序文と後書きを書き直した。しかし、遅れた分、思いがけぬ変化を身近に目撃するようになった。たとえば、わが家の近所でも、庭や屋上を菜園にする人たちが増えた。自給自足、地産地消に向かう傾向が見られ、また協同組合への関心が高まっている。つまり、アソシエーショニズムが自然に生まれてきたのである。

11月15日（日）

早朝から「力と交換様式」を書く。午後は、散歩、カフェで読書。近所で昨年秋から春まで集中的に起こった空き巣ねらいが、四月以降なくなった、という話を耳にする。たぶん、これは人が在宅勤務をするようになったからだろう。コロナ禍のせいである。一方、商店では万引きが増えているらしい。これも、コロナで失業が増えたせいだろう。

11月16日（月）

「力と交換様式」を書く。そのあと、今日は町田市の里山に行った。ふと気づいたのは、私が日々歩いている一帯は、かつて柳田国男が毎週のように歩き回ったという「南多摩郡の丘陵地帯」と重なるのではないか、ということである。数年前に、『世界史の実験』（岩波新書）と題して、柳田について書いたときは、そのことに気づかなかった。柳田が、成城の自宅から徳冨蘆花の家（現在、蘆花公園）まで歩いていった、と何げなく書いていたことも思い出す。

『資本論』の新しい英訳を編集中の、アメリカ人の友人からメール。彼によれば、コロナ騒ぎの間、主要な大学はかえって収入が増えたのだという。資本は、コロナをものともせず、今後いっそう猛威を振るうだろう、とも書かれていた。

11月17日（火）

「力と交換様式」を書く。クロアチアから、『世界史の構造』の翻訳が出版されたとの知らせ、と同時にオンラインでのインタビューの申し込み。丁寧に断る。しかし、これまでオンラインの会議や講演はすべて辞退してきたのに、ついに明日は自宅で、朝日の書評委員会に出席せねばならないことになった。憂鬱である。

宇佐見りん（小説家）

11月18日（水）

遠野遥さんとオンライン対談イベント。私にとっては初のイベントだったので、始まる前はここ最近で一番緊張した気がする。とはいえ、遠野さんや河出書房新社の方々、ジュンク堂書店の方々の温かな雰囲気にも助けられて、途中からはのんびり喋った。

渋谷を経由して帰宅したのだが、乗り替える途中、路上で赤い髪の男性が歌っているのを見かけ、その厚みのある歌声に惹かれてしばらく聴いた。酔っぱらっているらしいタンクトップの女性が叫びながら音楽に乗り、また別の男性が曲に合わせてヲタ芸を披露しているほか、私と同じように棒立ちで聞いている人が数名いる。その様子を、男性数名が離れたところから大声で揶揄し、笑っている。彼らは赤い髪の男性の傍らにある箱にお札を入れようとし、男性が歌いながら頭を下げ、短くお礼を言うと、わざと手を引っ込める。どころか、元々入っていたお札をこれ見よがしに取り上げようとする。なんだか腹が立ち、払えるだけのお金を払ってCDを買い、やや興奮しながら電車に乗り込んだ。そのあとで、お金でなくちゃんと指摘すべきだったのか、そもそも義憤とは……などと反省してはみたものの、考えるのが面倒になり眠る。

11月19日（木）

NHKラジオの収録。わたしは言葉に詰まると「こう……」と言うらしい、という話を担当編集さんから聞いた。校長先生の話に挟まる「えー」と似たようなものだろう。意識してみると、たしかに言っている。ラジオを編集してくださる人、いつも対談やインタビューのたびに文字起こししてくださっている人に頭が下がる。減らす努力をしたい。

昨日購入したCDを聴いてみようと思い立つが、表面が傷ついていて聞けなかった。もしかしたら帰りに傷つけてしまったのかもしれない。

11月20日（金）

このところ寝るたびに変な夢を見るので安心して寝付くことができない。直近の原稿の内容が影響していることも多いようだ。夢には現実の制約がないため、それなりに面白いものもある。夢をきっかけに話を思いつくこともあるが、こうも毎晩悪夢ばかり見るとさすがに勘弁してほしいという気持ちになる。寝られないので、アメリカズ・ゴット・タレントのYouTubeチャンネルを立て続けに見た。なかでも、アンジェリカ・ヘイルちゃんが歌う回は、本当にすごい。ピンクの服に身を包んだ小さな体から出ているとは思えない、パワフルで豊かな歌声に自然と涙が出てくる。総立ちになり歓声を上げる人たちの顔を見ていると自分の感情も解放されていく。この日から悪夢を見る頻度が減った。

11月21日（土）

加藤シゲアキさんと対談。想像していたよりもずっと気さくな方だった。何より驚いたのは、普通に喋るときには短い受け答えであるのに対し、対談の場では「文章で話す」こと。「人はこんな風に要点をまとめて、わかりやすく喋ることが可能なのか」

と衝撃を受けた。話すことの大変さは先日のラジオ収録で痛感していたので、そのまま文字に起こして違和感のない言葉を発する加藤さんに圧倒される。特別に原稿を用意したり、というわけではないようで、気づかいだな、プロだな、と感じた出来事だった。

11月22日（日）・23日（月）

遠出。行き掛けに、アンパンマンチョコ、フーセンガム、ヨーグレットを購入する。

そういえば、この頃、カードキャプターさくらやセーラームーンなどをイメージしたアクセサリーの販売が多いように思う。仮面ライダーベルトの本格仕様も出ているそうだ。ターゲットは子どもたちではなくて、私たち大人だ。「幼少期に触れたものを買い戻したい」という欲求は普遍的なものなのかもしれない。

物語と購買欲は結びつく。紙風船を模したイヤリング、映画や絵画にインスパイアされた化粧品。いつか、夢に登場した蛇のリングに似たものを現実で見つけ、悩んだ末自分へのお祝いにしたのを思い出した。イエローゴールドにルビーの目が綺麗で見るたび心が華やぐ。気恥ずかしくて外では身につけないが、家で書くときは必ず嵌めて、気分を切り替える役割を担って貰っている。

ちなみにばいきんまんのチョコは耳から食べると顔色の悪いドラえもんになる。小さい頃には気が付かなかったことだ。

11月24日（火）

夢を見る。競走馬を縄で彩り、速さと縛りの美しさを競う競技の夢。

その世界では、目にも止まらぬ速度で馬が走り出すという縛り方があるとされるが、それと引き換えに馬が狂ってしまうため、馬を破滅に導くとして御禁制となっている。正確な方法は誰にもわからず、妊娠した

ハーブ
ピザやパスタ、トマト料理
OPEN

馬でなくてはならない、使用するのは赤い縄に限るなどの条件が長い間伝説として語り継がれているだけだった。しかし、今年はとあるチームがそれを探し出したとして世間的に大問題になり、失格。優勝はソフトバンクホークスだった。私の無意識はホークスとホースを混同しているらしい。起きたら夕方だった。

平野啓一郎（小説家）

11月25日（水）

朝から曇天。時折、雨。三島由紀夫の命日だが、五十年前のあの日、もし悪天候だったなら、どうなっていたのだろうと、これまでなぜか考えなかったことを考える。豪雨では、演説の声もいよいよ聞こえなかったであろうし、檄文の文字も滲んで真っ黒になっていただろう。

　以前、三島が自決した防衛省の建物を見学したことがある。今は資料館になっていて、ファサードだけを引っこ抜いて移設したような格好で、哀れなほどこぢんまりとしている。向かいに中央大学の校舎があり、その屋上に立つと、丁度、真正面に建物のバルコニーが見える。ＮＨＫの番組のロケで訪れたのだったが、下から見上げるのではなく、水平の高さで、今の自分と同年の三島の肉体——まさにこれから切腹しようとしている——を想像して、何とも言えず生々しいものを感じた。

　今年は到頭、三島の享年と同じ四十五歳になり、感慨深い。たまたまそれが、没後五十年とも重なっているので、様々な本や雑誌が刊行され、テレビで特番が放送され、映画まで作られて、私もそのちょっとした三島ブームに関与した。『芸術新潮』の特集は、殊に出色の内容だったと思う。

　私の『三島由紀夫論』も、それに間に合わせて刊行予定だったが、新聞連載『本心』が予想外に――例によって？――長引き、また、コロナ騒動で執筆が遅れ、結局、『新潮』誌上での「『豊饒の海』論」の短期集中連載開始を間に合わせるのが精一杯だった。来年六月の誕生日で四十六歳になってしまうので、それまでに、既出の作品論と併せて単行本化したいのだが。

……

　十一月売りの『新潮』十二月号に何としても間に合わせねばと無理をしながら、決起を見据えつつ、何もかもに焦っていた三島の心境を纔かに追体験する。

11月26日（木）

　午前中は、来春、単行本化予定の『本心』のゲラの見直し。毎度のことながら、冒頭の重さ軽減に取り組む。長編小説の連載は、長い旅のようなもので、先々で何が必要となるのかわからず、どうしても、念のための荷物を詰め込みがちになる。当然、旅先で現地調達するような話の挿入もあれば、結局、使わなかった設定も。

　日課の散歩の後、河出のエディ・ヴァン・ヘイレン追悼特集ムックのために、Zoomでインタヴュー。思い出話に耽りつつ、ギター少年だった中学時代の郷愁に浸る。今、よくあの手の音楽を聴くわけではないが、たまに無性に聴きたくなる。記憶と癒着していて、その喚起力たるや一向に変わらない。エディの訃報は、自分でもやや意外なほどショックだった。

　『芸術新潮』の三島特集を読んでくれた横尾忠則さんから長いメールが届く。このところ、三島関連でよく横尾さんとメールのやりとりをしている。以前は電話だったが、耳を悪くされてからは、メールに。コロナのせいでアトリエにも遊びに行けず。

夕方、コロナ危機についての首相の記者会見。質問を受けつけず、逃げるように去って行く姿を見ながら、書くのも憚られる言葉ばかりが思い浮かぶ。政府は無策なので、感染は広がる一方だろう。気が滅入る。

11月27日（金）

『「豊饒の海」論』のために仏教関連の本、『蓮田善明とその死』（小高根二郎著）などを読む。『本心』のゲラの見直し。立東舎からの依頼で三島関連の短い原稿。西日本新聞に寄稿した学術会議問題を批判する原稿のゲラのやりとり。

11月28日（土）

静岡県袋井市「うさぎホール」で、『マチネの終わりに』をテーマにしたコンサートを福田進一さんと。『フランツ・リストはなぜ女たちを失神させたのか』の著者で、コンサート事業も手懸ける浦久俊彦さんの企画だった。福田さんも感心する素晴らしい音響のホール。コロナ対策で座席数をかなり絞り込んでの開催で、どこにも立ち寄らず日帰り。ゲラを携帯。

11月29日（日）

日中、家族とゆっくり過ごす。

夕方、クオンの企画で、韓国の作家ハン・ガンさんと短時間、Zoom対談。旧友のキム・ヨンスさんと同世代だが、意外と今まで接点がなかった。『ギリシャ語の時間』、『少年が来る』等の作品を愛読していて尊敬しているが、人間的にも非常に魅力的。丁度、『ある男』の韓国語訳が出たところで、気に入ってもらえて嬉しかった。

韓国現代文学と一括りにすることは到底出来ないが、それにしても、ウン・ヒギョンやキム・ヨンス、ハン・ガン、……といった作家たちの小説を読むと、その何とも言えず繊細で深みのある人間の理解と描写にいつも圧倒される。日本の今の文壇に、該当する作家が思い当たらない。

11月30日（月）

Zoomで打ち合わせ一件。「『豊饒の海』論」執筆、『本心』のゲラの見直し。

12月1日（火）

師走。何とも知れない一年があと一ヶ月で終わる。今のところ、感染を免れているが、肉体的にも精神的にも半ば無自覚の疲労の蓄積を感じる。

イギリスの『エコノミスト』誌のZoomインタヴュー。三島について。尤もな質問が多く、喋り甲斐があった。

四十歳になる頃の三島の「老い」の恐怖は過剰に見えるが、一九六五年の日本人男性の平均寿命は六七・七四歳。生前、古井由吉さんも、あの頃の四十という と、もういい歳だったからと実感を込めて仰っていた。古井さんの「老い」を描く問題意識も、長寿時代ならではのところがある。

坂本龍一（音楽家）

12月2日（水）@TYO

06:30- 起床。お茶、風呂、ヨーグルト、ジュース、フルーツ。

Terry Riley "Persian Surgery Dervishes"

昨日、二週間の隔離が終わる。

09:30- ARTBOX, EXC.、ピアノ練習。

11:30- 南風食堂弁当来る。

13:30- ヘアーカット by Yoboon

14:00- 真鍋大度くんとのトーク撮影 by Zakkubalan。Boston DynamicsのSpot君と会う。

16:30- フィッティング by 山本康一郎

18:30- なじみのレストランGに来る。考えてみると8ヶ月ぶりの外食。

21:30ごろ帰宅。

Terry Riley "Anthem of the Trinity"

00:15ごろNYから電話。眠い。

12月3日（木）@TYO

07:20ごろ起床。風呂、お茶。

エジプトの空港で止められ荷物を開けられフライトに乗れない、何の罪だか分からないカフカ状況、家に帰れない悪夢。ヨーグルト、ジュース、フルーツ。

09:45- 歯医者。帰宅、ARTBOXマスタリング確認など。ランチ。

14:30- 整体。

16:30ごろ帰宅、EXC.など。

徒歩でなじみの中華Kへ。

20:30ごろ帰宅。EXC. Cによるベルリンからのミックスを確認。

12月4日（金）@TYO

04:30ごろ起床。ピアノ練習、EXC.、PTの不具合。

08:40- 出発。人間ドックへ。

いろいろボロボロだ。悪いものは食べてこなかったし、この6年お酒も少量だったのだが。

文化コードなどは所詮人間の観念が作り出したもの。いつか消える。

本当に対峙しているのは自然だ。

自然のなかには数字も時間もない。

自然には意味はない。

意味は人間が付与しているもの。

自然にとっては人間の与える意味など無意味だ。

16:00ごろ帰宅。近藤くん来て作業。Cによるベルリンからのミックス・チェック。
18:00- なじみの店F。
20:00すぎ帰宅。「ファイティング」。
12月5日（土） @TYO
06:30- 起床。お茶、風呂、ヨーグルト、ジュース、フルーツ。
Cによるベルリンからのミックス・チェック。
Kenan Bayramli "Bayati Şiraz" 天才だ。
ピアノ練習。
11:00- お弁当来る、ランチ。
13:55- 車ピックアップ。
14:40- 入り。
15:00- ブルガリ用撮影 w. 伊藤詩織さん。
18:30- なじみのそば屋Hに来る。
21:00すぎ帰宅。眠い。
12月6日（日） @TYO, KYT
06:30- 起床。お茶、風呂、ヨーグルト、ジュース、フルーツ。
Kassel Jaeger "Retroactions" "Swamps/Things"
パッキング。
ピアノ練習。
ランチ。
14:00- 新幹線のぞみ231。
亡くすのが人生だ。
16:15- 京都駅着、ホテルへ。京都駅は人が多く、ソーシャルディスタンスが行われていない。これでは感染が増えるのも無理はない。
高瀬川、なんと甘美な響き。暮なずむ五重塔、東山に帰る鳥の群れ。
18:00- Nと歩いてWへ。前回と同じ部屋。
12月7日（月） @KYT
08:00ごろ起床。風呂、お茶、フルーツ、ジュース。

　持ってくるのを忘れたものがあり、寝ながら焦る。午前中にどう手配するか考えていると、なかなか眠れない。

　部屋で朝食。

　12:40ごろ@KCUAに到着。川崎さん、岡田先生、高谷夫妻、来てくれている。バシェの音響彫刻5台が並ぶ姿は壮観。録音の準備。録音の東くん、たくさんDPAマイクを集めてくれた。

　14:00ごろ録音開始。予定より長く16:30ごろ終了。疲れたが、5台の中で自分の好きなものがはっきりした、絶好の機会となった。この機会を設けてくださった柿沼先生に感謝。

　一度ホテルに戻り、18:00過ぎ、なじみのYに行く。高谷夫妻既に来ている。ひとときゆっくりとした時間。

12月8日（火）@KYT，TYO

07:00前、起床。
11:00- ホテルを出て松栄堂本店へ。その後、寺町通りのRへ。高谷夫妻来ている。いい店だ。トックを出してくださる。ちょうど今朝、トックを食べたいと話していたところだった。デザートに出してくださった、よもぎ餅の美味しさ。
東くん来て録音したデータを移行する。高谷氏と抱えているいくつかのプロジェクトの打ち合わせ。
14:00- 一度ホテルに戻り、京都駅へ。
15:01- のぞみ28号、東京行き。爆睡。
17:15- 東京駅着。隔離していた場所からなじみのホテルへ。
ホテル内の和食レストランで夕食。
短いが実りの多い京都小旅行だった。

青葉市子（音楽家）

12月9日（水）

一昨日見た夢を思い出していた。そこは琉球の古い家の天井で、私は畳の上に置かれたちゃぶ台を上から眺めている。ちゃぶ台の上には白い食べ物が並んでいるが、それが何なのかわからないでいる。かすかにかまぼこらしきものがある。神棚にお供えしてあるのはアダンの実だ。見慣れた人が着席したがわたしは隣に座れない。ただ上から見下ろしているだけで話しかけてもその人は応答しない。同じ領域に存在できないのだとわかり寂しくなる。肉体に流れた涙の温度が夢にまで染み渡り、そこに潮風が吹いた。海がすぐそこにあるのだ。オカヤドカリが貝殻を掻く音がする。皮膚に潮風が当たりぺたぺたしていた。私は東京のベッドの中にいるはずなのだが。

ミラーボールにすべての照明があつまりホールに星空を散布していた。昨年の今頃私はデンマークの教会に滞在しており、そこでYogee New Wavesの存在を知った。そこからコンサートに行こうと試みてはいたがいろいろあって叶わず、今日ようやく彼らのコンサートに行くことができた。ボーカルの角舘健悟さんとは渋谷駅で偶然出くわしたり、電話口で新曲をきかせてくれたりの仲だった。終演後の彼の赤らんだ顔に宿る、音楽の力の強さを感じた。

12月10日（木）

TAKI BAKEのシュトーレンを開封。毎日楽しみにしている冬のアソートハーブティーを飲む。七尾旅人さんから電話があり、今度うちで一緒に鍋をしながら、旅人さんが行なっているLIFE HOUSEという企画で配信をすることになった。電話口で旅人さんは先日リリースした最新作のアルバムの感想を告げてくださり、「市子が普段の弾き語りから、もっと広いものを受け入れて表現したことで、より市子に戻っていく感じがしたね。」と言って頂き、その会話の中で私の本名を出してくださったことがとても響いた。夜、スタッフに会った時このことを伝えると、「何も話さなくても伝わる人っているんだね。」と、ゆっくりと、しみじみと言っていて、その姿と、声に、わたしもじんわりと感動した。

12月11日（金）

二度寝をしてしまったために、とんでもない悪夢を見てしまった。こういう時は早めに夢と分断させないと1日中支配されてしまう。冷蔵庫にあったじーまーみ豆腐を寝ぼけた身体に放り込んでこちら側に引き戻す。実はこの原稿を書いているのもその為だ。今日はまだ正午であるのに今日のことを綴っている。昼にリモートの打合せが1本。今度、展覧会の企画で登壇するトークショーの司会をつとめてくださる方とお話し。悪夢がゆっくりと薄らいでいく。Yo La Tengoの「The Sounds of the Sounds of Science」をかけながら思い切り部屋の掃除。スーパーに行き、今夜の献立を考える。この時期せりがあることがとてもうれしい。根っこが立派なものを選んでカゴに入れる。1秒1秒確実に生きているが突然ふわっと天地が回転して身が砕けそうになることがある。ビルの隙間に映える夕暮れを見て歩道橋から落っこちそうになった。

今日は夢に半分ほど現実を食べられてしまい、また眠りの方へ引き摺り込まれていた。突然にピンポンがなり寝ぼけてドアを開ける。瞼が重いまま手羽元を解凍して生姜を刻み、甘辛く煮付ける。蕪と山椒、胡椒、せりをごま油と醤油で炒めて、その間玄米を炊く。カプレーゼをチャービルで作り、楽しみにしていた泡を開けた。静かにぽそぽそと話す声が食卓に落ち、広がっていく。控えめな2人を世界がやさしくからかう。終電よどうか行かないでと切なく願った。

12月12日（土）

7名でのオンラインミーティング。画面の先の部屋では子どもたちが順番にイヤホンを耳に当て、こんにちは〜と言う。大きな鉛筆削りの音が会話を遮るとき、なんだかほっとした。わたしもムーミンのご先祖さまのぬいぐるみを頭に乗せゆらゆらしてみる。皆さま突っ込まないでいるが、その中で笑いを堪えきれない1人の姿をみて嬉しくなった。普通に会って話して笑いたい、生きているのだから。もりもりと宿題を済ませ、ビックカメラへ行きWi-Fiのルーターを購入する。人の多さに驚いて今日が土曜日だと思い出す。ＬＩＮＥから電話がかかってくるが電波の調子が変で、普通に電話番号からかけ直してみると、懐かしい声がした。いつも話している相手なのだが、ＬＩＮＥ特有の調整された音声ではない、空間の音とあいまった温もりのある声が耳元へ溢れてきて安心する。子どものころ公衆電話から聞こえて来た、学校帰りの「迎えにいくから出口で待っててね。」という母の声を思い出す。&Premium.jpの連載が公開される。いつもぎりぎりになってしまうのだが、担当の松崎さんは「どうか焦らないで、のびのび続けることが何より大切だからゆっくり取り組んでね。」と言ってくださる。なんて幸せな人生なんだろう。ふと、湯舟の中で二本の足が生えているのを見て、そうか、もう魚ではないのだと思った。

12月13日（日）

ネトルのお茶を淹れる。10時、J-WAVEラジオ、自宅からリモートで生出演。朝吹真理子さんからＬＩＮＥが届き、真理子さん、渡邉康太郎さんと西郷山公園でブランチ。ギタレレを弾くと、風の静かな曇り空がきらりと瞬きしたような気がして、遠く奄美の龍郷（たつごう）町（ちょう）の空を思った。こういう時、私は西郷山公園に居るのか、龍郷町にいるのか本当にわからなくなる。身体はひとつのいれものに過ぎなくて、生きている間もこうして自由にあっちこっち行き来しているのだと思うと楽しくて仕方がない。食事が済むと、真理子さんが「甘いもの食べたいね、カスタードがいいな。」と呟いて、近くのパン屋さんに行きクリームパンとコーヒーを買う。そうこうしているうちにYogee New Wavesの角舘健悟さんが車で迎えにきてくださる。朝吹さんたちと別れて、明日収録するためのリハーサルをしに、スタジオへ。4時間集中、音楽はやればやるほど栄養になって身も心も回復していく。カレー屋さんへ行き、ちょっとやそっとの風邪じゃ一瞬で治ってしまうようなスパイスたっぷりのカレーをいただく。ポカポカしてどっしりと眠くなった。深夜、細野晴臣さんとお話ししたラジオがO.A.になり、1年ぶりにお話しできたことを改めて嬉しく思った。細野さんがかつて本番直前に仰ってくださった魔法の言葉。「自由にやって。じゃないと音楽が煌めかないから。」今でも、胸の一番あたたかいところに、優しい夜中のホットミルクみたいに染み込んで、私を守っている。

12月14日（月）

長野県佐久市の星の坊主さまから届いた玄米に、刻んだ生姜と純胡椒とだしを加えて炊き込む。炊き上がり、ラップに包もうとしていたら機材ピックアップの皆さんがピンポンいらっしゃり、いそいで俵に握る。ほかほかのうちに、みんなで平らげた。今日は角舘健悟さんと早稲田スコットホールで演奏の収録。まずは喫茶店で対談、撮影。コーヒーはそれぞれ違うティーカップだったが、私のところには、実家で母がよく「ノリタケ」と言って大事に飾っていたのと同じカップがやって来た。私と健悟さん、2人は好みが似ているらしい。飛行機の窓から見る、雲の影が地面や海面を移動していく景色や、お茶の時間。百合の花。こうして出逢うまでのシンクロが多いことなどを話した。アイフォンを並べてカメラロールを開くと、撮った写真の雰囲気も似ていた。花屋で百合の花を購入。会場入りして、あっという間に収録。Yogee New Waves の曲「Summer of Love」はいっとう好きなのだが、その歌詞には「教会に迷い込んで 内緒話 花咲いた それをひとつだけ摘んで 髪に刺したら綺麗だ」とあり、それもあって収録は教会の姿をしているスコットホールとなったのだった。収録だけではせっかくだからと、インスタグラム配信をゲリラ的に行う。どちらともなく奏でられる、空間をゆっくりと満たす音楽。音の泉を身体に取り入れ、どんな音の雫になるのか耳を澄ませ、また外へと放っていく。ただひたすらその管であるとき、私は回復する。

12月15日（火）

ぴかぴかに空気が澄み渡り、気温がぐっと下がった地上で、太陽の匂いをかぐ。作曲家の梅林太郎さんと対談。「アダンの風」マスタリングの10／19以来、久しぶりの再会。音で会話し続けた日々の感覚が一気に蘇る。制作中、シリアスなシーンの音で私たちはよく笑い転げた。キメの1音がどうしても電柱に頭をぶつけた時の音に聞こえて、エアー電柱に頭を打ってはよろける真似をしながら、お腹が痛くなるほど笑った。一度自宅へ戻り、マメの桃色のワンピースに着替える。夜は代官山蔦屋書店で、新作制作陣（梅林さん、葛西敏彦さん、小林光大さん）そしてライターの村尾泰郎さんとトーク。会場に入れるお客さまは40人と限られていたけれど、久しぶりに会えたみんなの顔が嬉しかった。「毎日会って音楽してたあの期間がどれほど特別な時間だったか」と葛西さんが言う。いまが思い出に変わるとき、いまよりも一回り輝きを増して胸に仕舞われていくこの世の魔法のことを、愛しく想った。

川上弘美（小説家）

12月16日（水） 晴

庭の落ち葉掃き。今年はずっと家にいるので、今まで一ヶ月に一回するかしないかだった庭仕事を、毎日のようにするようになった。始めると知らない間にすぐに時間がたつので、スマホのタイマーをかけておこなっている。タイマー終了の時の音楽を、「宇宙」か「煎茶」か「ニュース」のどれにしようか迷い、結局「サミット」に。

午後、文庫本にサイン。以前ならば、本屋さん用のサイン本をつくる時には出版社に行き、編集者の方との流れ作業でどんどんサインをしていったものだが、数ヶ月前に出た単行本のサイン本も、今回の文庫のサイン本も、家に段ボールに詰めた本を送っていただき、粛々とサインをし、また箱に詰めて送り返す、という作業をおこなった。一人でおこなうサイン作業は、職人仕事の楽しさがある。出版社で手伝ってもらってするサインは、なぜだかその味はない。おそらく、本を開く瞬間とサインが乾くのをみはからって閉じる瞬間の見極め、落款のために挟む紙の位置の決め方、などをゆっくりと検討しながらおこなえるからだろう。

12月17日（木） 晴

日経新聞で半年間続けた週一回のコラムの最終回のゲラを直し、メール。担当の記者の方にしみじみしたメールを書き、余韻にひたっていたら、

「なにも添付されていません……。最後まで油断しな

いでください……」という返事がくる。
せっかくの感動的「これでおしまいお別れですね」メールだったのに、まぬけすぎる。
文庫本の校正。連作小説の校正。

12月18日（金）　晴

十年前くらいまでは、文芸誌の校了は二十五日過ぎだったような記憶がある。だから、連載をしていると、いちばん忙しいのは月の後半だったのだが、今は月の半ばが〆切なので、月の後半には少し気がゆるむ。今日はもう仕事はしないと決めて、うきうきと常備菜づくり。常備菜をつくるのが大好きなのである。学生時代の友人と、常備菜の写真をラインしあう。ちなみに、うちの常備菜の基本は、「一品十分以内で作れる」「にんじん部門・マヨネーズ部門・豆部門・緑色部門・お酢部門それぞれの中で重複がないようにする」「何日でも食べ続ける決意」。友だちの基本は、「千切り命」「唐辛子偏重」「マヨネーズ排斥」。

12月19日（土）　晴

『大きな鳥にさらわれないよう』を翻訳してくれているノルウェーの翻訳家、マグネ・トーリングからの質問メールに返事。質問への答えは、おおむね、「〇〇です」ではなく、「たぶん〇〇だと思います」。小説内世界のすみずみまで、わたしは全然把握できてないから、自分の小説なのに断定ではなく推測となってしまうのだ。おそらく翻訳者であるマグネの方が、わたしよりずっとその小説のことをよく知っている。マグネは、少年期を日本で過ごし、ノルウェーに戻ったのち大学は日本に留学して早稲田に入学、そこでお笑いのサークルに属してコンビを組み、ボケではなくツッコミ役をしたかったのに、たたずまいから結局はボケ役となった、という、おもむき深く、かつなみの日本人よりも日本語のニュアンスに精通した人物である。

12月20日（日）　晴

エッセイ一つ書く。先週持ち手を壊してしまった緑色のホースのかわりにネットで注文した新しい茶色いホースが届いたので、昼ごろ草木の水やり。冬の水やりは暖かい時間に頻度少なく、ということはうっすらと知っているのだが、実のところどのくらいの頻度でやるのがいいか、不安。近所に住む大学時代の先輩である漫画家のSさんに、以前水やりの頻度について教えを乞うてみたのだが、スプリンクラーが設置してあり、自動的に水まきが行われる、という答えだった。うちの猫の額的庭の五十倍くらいの広さの庭の持ち主に聞いた自分が、まちがっていた。

12月21日（月） 晴　寒い。

エッセイ一つ書く。手紙二通書く。乾物屋さんから電話。干し数の子を毎年買うのだが、今年は数の子の収穫が少なく、手に入らなかったとのこと。秋の生イクラも、収穫量が少なかったので例年よりも高かった。手に入りにくいと手に入れたくなるの法則で、今年は例年よりたくさん生イクラを買い、解体し、塩漬けにし、冷凍保存した。コロナ下のうちのエンゲル係数は、去年のほぼ二倍。

12月22日（火） 晴

Zoomで新聞のインタビュー。写真は、スマホで撮って送ってください、とのこと。

午後、家人に写真を撮ってもらう。視線はカメラをはずし、くちもとは喋っているかのようなものを、右向きと左向きの一枚ずつお願いします、という注文のもとに撮るも、要領を得ず。変顔などしていないつもりなのに変顔に撮れているものが半分。目をつぶっているものが四分の一。いろいろだめな点のあるものが四分の一。消去法でゆくと選べる写真がなくなったが、しかたなく数枚選びだし、メール。おととい書いたエッセイの校正をおこない、メール。

去年はスマホも持っておらず、ゲラの受け渡しもまだファックスでおこなっていた当時の自分に、来年２０２０年は会議アプリやキンドル端末や圧縮・スキャンその他の技法を駆使する年となるであろう、という予言をしたら、まさか自分がと、笑いとばしたにちがいない。

蓮實重彥（フランス文学者・映画批評家）

12月23日（水）

あれは月曜のことだったから二日前の21日、男３人で日当たりのよい庭のテーブルを囲み、マスクをかけたりはずしたりしながらサンドイッチを頰ばっていた。その日の朝に仕上げたばかりの『ショットとは何か』の著者校を「群像」の編集者Ｍ氏に手渡すのが目的の遅めの昼食であり、サンドイッチはＭ氏ご持参のものだった。この長い対話形式のエッセイでインタビュアーをつとめて下さった三枝亮介さんも同席されており、きわめて爽快な庭先での昼食だったといえる。とはいえ、かりにこの愚かな疫病が猖獗をきわめていなくても、お二人を拙宅に招き入れることなどまったく不可能だった。来訪者をもてなすはずのサロンの床や丸テーブルの上には、それまでの執筆に必要だったＤＶＤや書物がことのほか乱雑に積みあげられており――どうかすると、崩れかけたものさえある――足の踏み場もないほどだったからだ。それを昨日と今日の二日をかけて何とか整理しようとしたものの、むなしく場所を移動させているだけのことで、そこに『ジョン・フォード論』「終章」の執筆に必要な資料まで持ち出してしまったのだから、いくら電気掃除機など周到にかけたりしてみても、ＤＶＤや書物の絶対量が減るわけではいささかもない。

夕刻、遅れに遅れていた瀬川昌久氏との共著『アメリカから遠く離れて』の贈呈リストを河出書房新社の編集者のS氏にメールで送る。すると、夜分になってから、『見るレッスン』（光文社新書）の増刷がきまったとのメールが、光文社の編集者K氏から届き、もう……という驚きはあったものの、もちろん悪い気などするわけもない。

12月24日（木）

あろうことか、シモーヌ・ド・ボーヴォワールなど持ち出してフォードにおける女性のあり方を論じたりする英国の若手研究者の愚かな論述にひどく苛立ち、『フォード論』はまったく進まず。多少の悪口を書き記しながらもそれをほどよく肯定的な文脈におさめるという書き方がいつの間にか罵倒に近い批判に終始し、しかもそれがひたすら長くなってしまう。夕刻、型どおりのチキンを主菜とし、特別に注文しておいたさるお好みの甘味類をデザートとした食事の後、フォードからは思いきり離れようとして、妻と二人でオフュルスの『たそがれの女心』（'53）など見直して気分を改めようとするが、その画面連鎖のなだらかなリズムにはただただ溜息が出るばかりで、それもむなしい逃避でしかないと察しがついたのである。

12月25日（金）

『フォード論』の執筆に行きづまったときに決まって見ることにしているのは、『鄙より都会へ』（'17）、『サブマリン爆撃隊』（'38）、『タバコ・ロード』（'41）の三本だが、この出鱈目さのかぎりを尽くした爽快な作品の計232分という上映時間が、いまの自分にはまったくの無駄であることが見ているうちから明らかとなり、むしろ苛立が募るばかりだった。だが、それにしても、『サブマリン爆撃隊』の、いい加減でありながらいかにもテンポの良い端整な演出が何とも素晴らしい。

12月26日（土）

もっぱら映画について書いていた今年は、散文のフィクションとしては、黒田夏子の『組曲　わすれこうじ』ぐらいしかまともに読む機会がなかった。それについては黒田さんとの往復書簡（「新潮」８月号）などに書かせていただいたが、もしこれが未知の若い作家によって書かれたものだとしたら、作者の性別にかかわりなく、肉体的な制裁でも加えてやらねば批評家としてはおさまりがつかぬほどの途方もなくみごとな日本語からなる作品だった。だが、幸いなことに、その作者は良く存じ上げている方だったので、暴行はあらかじめ回避されていたといってよい。磯﨑憲一郎の『日本蒙昧前史』など、これまたみごとな言葉遣いからなっているが、連載時に断片的に読んでいたにすぎず、一冊にまとまってからは目を通す機会すらなかった。そこで、年末にもう一冊ぐらいは読んでおかねばなるまいと、贈呈されていた比較的薄い山尾悠子の文庫本『飛ぶ孔雀』に目を通し始めると、これが途方もなく魅力的な言葉によって紡がれており、とうてい手放せなくなってしまう。「エプロン掛けの若い男」といったいかにも『フォード論』の主題にもつらなる細部さえほの見えたりして、これは読んでおかねばならぬと思いはしたが、巻末に添えられた金井美恵子の解説にふと工藤庸子の名前が引かれていることに妙な胸騒ぎを覚えた。フランス文学の研究者でも翻訳家としてでもなく、いまや大江健三郎を真正面から論じるという正統派の批評家へと転身しつつある彼女が『大江健三郎全小説全解説』の著者である尾崎真理子と交わした大江をめぐる対談（「群像」11月号）は、いまだ男性的な思考が無意識ながら主導しているわが国の批評界においては、画期的なものだったといってよい。また、その発表直後に『水死』を論じるつもりでプルーフまで貰っていながらその機会を逸しつつあるわたくしとしては、およそ性急さからは遠いなだらかなリズムで『水死』を論じている（「群像」12月号）元同僚の工藤庸子には、嫉妬に近い思いをいだかざるをえない。その嫉妬を思わせる感慨に似たものを、山尾悠子の作品にも感じとっていたのだと思う。

12月27日（日）

書き始めた『フォード論』がひたすら空転しているので、思いきってピーター・ボグダノヴィッチの『監督ジョン・フォード』(Peter Bogdanovich, Directed by John Ford, 1971) の２００６年版を見直し、フォード自身の死の年にあたる１９７３年、病床の彼のもとを訪れたキャサリン・ヘップバーンとの秘かな対話——すでに暗記するほど聞いたことのあるものだが——に改めて耳を傾けてみる。孫のダン・フォードが粗忽にも録音テープを止め忘れ、フォードとヘップバーンの二人もレコーダーは機能していないと信じて交わしたごく親密な言葉のつらなりである。そこでの対話をここで再現するつもりはない。ただ、それに耳を傾ける権利がわたくしたちに保証されているか否かを問う以前に、涙なしには聞くことのできない真摯な言葉なのである。フォードにおける女性を論じるなら、その秘かな対話を聞くだけで充分だと思う。この二人が性的な関係を持ったか否かなど、わたくしの興味を引くものではいささかもないとだけは断言できると思う。とはいえ、この歳になっても、異性間の性的な関係をあれこれ夢想することにまったく関心が無いとまでは、宣言できそうもないのだが……。

12月28日（月）・29日（火）

ほとんどこれという理由もなく、『フォード論』の執筆が弾みはじめる。

12月30日（水）

東京大学文書館特命教授の佐藤愼一氏より、歴代総長インタビューの第六回目のテクスト起こしが送られてくる。２０２７年の東大創立１５０年を記念する出版物のためということだが、今回は、副学長時代から総長の前半期にあたる時期をめぐるものである。いきなり降ってわいた法人化問題をめぐるあれこれの難題とその解決のための秘策など想起せざるをえず、一番思いだしたくない記憶を反芻せねばならぬことに、いささかうんざりさせられぬでもない。

12月31日（木）

思えば、２０１９年は、インタビューばかり受けていたことになる。それがこの時期、『見るレッスン』、『アメリカから遠く離れて』、『ショットとは何か』、等々、ようやく書物のかたちを取りはじめている。昨日受けとった総長インタビューもそうしたもののひとつだが、その添付資料が、これまでは簡単に開くことができたはずなのに、なぜか開くことができない。苛々しながらプリンターの加減かとあちらこちらのボタンを無闇とおしまくったりしているうちに、この印刷装置の説明文がことごとくハングルに化けてしまった。さまざまな試みにもかかわらずいっこうに日本語には戻らず、おかげでプリントアウトさえできなくなってしまう。深夜のことゆえ発売元に問い合わせることもかなわず、また明日は元旦なのだから、そんなことに拘泥しているいとまもありはしまい。だとすると、これまでに書いたこの日記を印字して読み直すこともできないまま、編集部に送らねばならないのだろうか。

【執筆者一覧】

筒井康隆（つつい・やすたか）小説家。一九三四年、大阪府生まれ。主な著書に『時をかける少女』『大いなる助走』『虚航船団』『夢の木坂分岐点』『文学部唯野教授』『聖痕』『モナドの領域』。

町屋良平（まちや・りょうへい）小説家。一九八三年、東京都生まれ。主な著書に『青が破れる』『しき』『1R1分34秒』『愛が嫌い』『坂下あたると、しじょうの宇宙』。

松田青子（まつだ・あおこ）小説家。一九七九年、兵庫県生まれ。主な著書に『スタッキング可能』『英子の森』『おばちゃんたちのいるところ』『持続可能な魂の利用』。

ブレイディみかこ　ライター・コラムニスト。一九六五年、福岡県生まれ。主な著書に『花の命はノー・フューチャー』『子どもたちの階級闘争』『ぼくはイエローでホワイトで、ちょっとブルー』。

柴崎友香（しばさき・ともか）小説家。一九七三年、大阪府生まれ。主な著書に『きょうのできごと』『その街の今は』『寝ても覚めても』『わたしがいなかった街で』『春の庭』『百年と一日』。

菊地信義（きくち・のぶよし）装幀者。一九四三年、東京都生まれ。主な著書に『装幀談義』『装幀思案』『装幀の余白から』。

菊地成孔（きくち・なるよし）音楽家・文筆家。一九六三年、千葉県生まれ。主な著書に『スペインの宇宙食』『ユングのサウンドトラック』『次の東京オリンピックが来てしまう前に』。

小山田浩子（おやまだ・ひろこ）小説家。一九八三年、広島県生まれ。著書に『工場』『穴』『庭』『小島』。

ヤマザキマリ　漫画家・文筆家。一九六七年、東京都生まれ。主な著書に『テルマエ・ロマエ』『プリニウス』『国境のない生き方』『ヴィオラ母さん』『パスタぎらい』。

町田康（まちだ・こう）小説家・ミュージシャン。一九六二年、大阪府生まれ。主な著書に『くっすん大黒』『きれぎれ』『告白』『宿屋めぐり』『ギケイキ』『ホサナ』『湖畔の愛』。

佐伯一麦（さえき・かずみ）小説家。一九五九年、宮城県生まれ。主な著書に『ショート・サーキット』『ア・ルース・ボーイ』『鉄塔家族』『ノルゲ Norge』『還れぬ家』『渡良瀬』『山海記』。

角田光代（かくた・みつよ）小説家。一九六七年、神奈川県生まれ。主な著書に『対岸の彼女』『八日目の蟬』『ロック母』『かなたの子』『紙の月』『私のなかの彼女』『坂の途中の家』。

朝吹真理子（あさぶき・まりこ）小説家。一九八四年、東京都生まれ。著書に『流跡』『きことわ』『TIMELESS』『抽斗のなかの海』『だいちょうことばめぐり』。

高橋源一郎（たかはし・げんいちろう）小説家。一九五一年、広島県生まれ。主な著書に『さようなら、ギャングたち』『優雅で感傷的な日本野球』『日本文学盛衰史』『さよならクリストファー・ロビン』。

石原慎太郎（いしはら・しんたろう）小説家。一九三二年、兵庫県生まれ。主な著書に『太陽の季節』『狂った果実』『完全な遊戯』『化石の森』『生還』『わが人生の時の時』『弟』『天才』。

植本一子（うえもと・いちこ）写真家・エッセイスト。一九八四年、広島県生まれ。主な著書に『働けECD』『かなわない』『家族最後の日』『降伏の記録』。

内沼晋太郎（うちぬま・しんたろう）ブック・コーディネイター。一九八〇年、山形県生まれ。主な著書に『本の逆襲』『これからの本屋読本』。

金井美恵子（かない・みえこ）小説家。一九四七年、群馬県生まれ。主な著書に『岸辺のない海』『プラトン的恋愛』『文章教室』『柔らかい土をふんで、』『カストロの尻』『『スタア誕生』』。

山城むつみ（やましろ・むつみ）批評家。一九六〇年、大阪府生まれ。主な著書に『文学のプログラム』『ドストエフスキー』『連続する問題』『小林秀雄とその戦争の時』。

水村美苗（みずむら・みなえ）小説家。東京都生まれ。主な著書に『続明暗』『私小説 from left to right』『本格小説』『日本語が亡びるとき』『母の遺産 新聞小説』。

飴屋法水（あめや・のりみず）演出家・美術家。一九六一年、山梨県生まれ。主な著書に『キミは珍獣（ケダモノ）と暮らせるか？』『ブルーシート』『彼の娘』。

今村夏子（いまむら・なつこ）小説家。一九八〇年、広島県生まれ。主な著書に『こちらあみ子』『あひる』『星の子』『むらさきのスカートの女』『木になった亜沙』。

東浩紀（あずま・ひろき）批評家・思想家。一九七一年、東京都生まれ。主な著書に『存在論的、郵便的』『動物化するポストモダン』『クォンタム・ファミリーズ』『ゲンロン0 観光客の哲学』。

エリイ　芸術家／Chim↑Pom。東京都生まれ。主な共著に『なぜ広島の空をピカッとさせてはいけないのか』『芸術実行犯』『Don't Follow the Wind』『都市は人なり』。

大竹伸朗（おおたけ・しんろう）画家。一九五五年、東京都生まれ。主な著書に『既にそこにあるもの』『見えない音、聴こえない絵』『ビ』『ナニカトナニカ』。

島田雅彦（しまだ・まさひこ）小説家。一九六一年、東京都生まれ。主な著書に『優しいサヨクのための嬉遊曲』『彼岸先生』『彗星の住人』『退廃姉妹』『君が異端だった頃』。

青山七恵（あおやま・ななえ）小説家。一九八三年、埼玉県生まれ。主な著書に『窓の灯』『ひとり日和』『かけら』『快楽』『めぐり糸』『繭』『私の家』『みがわり』。

桐野夏生（きりの・なつお）小説家。一九五一年、石川県生まれ。主な著書に『OUT』『柔らかな頬』『グロテスク』『残虐記』『魂萌え！』『東京島』『ナニカアル』『日没』。

高山羽根子（たかやま・はねこ）小説家。一九七五年、富山県生まれ。主な著書に『オブジェクタム』『カム・ギャザー・ラウンド・ピープル』『如何様』『首里の馬』『暗闇にレンズ』。

滝口悠生（たきぐち・ゆうしょう）小説家。一九八二年、東京都生まれ。主な著書に『愛と人生』『ジミ・ヘンドリクス・エクスペリエンス』『死んでいない者』『茄子の輝き』『高架線』。

小川洋子（おがわ・ようこ）小説家。一九六二年、岡山県生まれ。主な著書に『妊娠カレンダー』『密やかな結晶』『薬指の標本』『博士の愛した数式』『ミーナの行進』『ことり』『小箱』。

坂本慎太郎（さかもと・しんたろう）ミュージシャン。一九六七年、大阪府生まれ。アルバムに『幻とのつきあい方』『ナマで踊ろう』『できれば愛を』。

千葉雅也（ちば・まさや）哲学者・小説家。一九七八年、栃木県生まれ。主な著書に『動きすぎてはいけない』『勉強の哲学』『意味がない無意味』『アメリカ紀行』『デッドライン』。

塩田千春（しおた・ちはる）美術家。一九七二年、大阪府生まれ。主な展覧会に『精神の呼吸』『鍵のかかった部屋』『塩田千春展：魂がふるえる』。

津村記久子（つむら・きくこ）小説家。一九七八年、大阪府生まれ。主な著書に『ポトスライムの舟』『この世にたやすい仕事はない』『浮遊霊ブラジル』『ディス・イズ・ザ・デイ』『サキの忘れ物』。

多和田葉子（たわだ・ようこ）小説家。一九六〇年、東京都生まれ。主な著書に『犬婿入り』『容疑者の夜行列車』『雪の練習生』『献灯使』『地球にちりばめられて』『星に仄めかされて』。

いしいしんじ　小説家。一九六六年、大阪府生まれ。主な著書に『麦ふみクーツェ』『プラネタリウムのふたご』『ポーの話』『みずうみ』『ある一日』『悪声』。

金原ひとみ（かねはら・ひとみ）小説家。一九八三年、東京都生まれ。主な著書に『蛇にピアス』『TRIP TRAP』『マザーズ』『アタラクシア』『アンソーシャル ディスタンス』。

池田亮司（いけだ・りょうじ）作曲家・アーティスト。一九六六年、岐阜県生まれ。主なアルバムに『dataplex』『test pattern』『supercodex』。主な著書に『continuum』。

ケラリーノ・サンドロヴィッチ　劇作家・演出家。一九六三年、東京都生まれ。主な著書に『フローズン・ビーチ』『ナイス・エイジ』『室温　夜の音楽』『グッドバイ』『修道女たち』。

村田沙耶香（むらた・さやか）小説家。一九七九年、千葉県生まれ。主な著書に『ギンイロノウタ』

『しろいろの街の、その骨の体温の』『殺人出産』『コンビニ人間』『地球星人』『生命式』。

柳美里（ゆう・みり）小説家・劇作家。一九六八年、神奈川県生まれ。主な著書に『石に泳ぐ魚』『家族シネマ』『ゴールドラッシュ』『8月の果て』『JR上野駅公園口』『飼う人』。

上田岳弘（うえだ・たかひろ）小説家。一九七九年、兵庫県生まれ。著書に『太陽・惑星』『私の恋人』『異郷の友人』『塔と重力』『ニムロッド』『キュー』。

近藤聡乃（こんどう・あきの）マンガ家・アーティスト。一九八〇年、千葉県生まれ。主な著書に『はこにわ虫』『KiyaKiya』『A子さんの恋人』『ニューヨークで考え中』。

黒河内真衣子（くろごうち・まいこ）デザイナー／Mame Kurogouchi。一九八五年、長野県生まれ。展覧会に『10 Mame Kurogouchi』。

柄谷行人（からたに・こうじん）批評家。一九四一年、兵庫県生まれ。主な著書に『日本近代文学の起源』『マルクスその可能性の中心』『トランスクリティーク』『世界史の構造』『哲学の起源』。

宇佐見りん（うさみ・りん）小説家。一九九九年、静岡県生まれ。著書に『かか』『推し、燃ゆ』。

平野啓一郎（ひらの・けいいちろう）小説家。一九七五年、愛知県生まれ。主な著書に『日蝕』『葬送』『決壊』『ドーン』『空白を満たしなさい』『マチネの終わりに』『ある男』『本心』。

坂本龍一（さかもと・りゅういち）音楽家。一九五二年、東京都生まれ。主なアルバムに『千のナイフ』『音楽図鑑』『未来派野郎』『BTTB』『out of noise』『async』。著書に『音楽は自由にする』。

青葉市子（あおば・いちこ）音楽家。一九九〇年、京都府生まれ。主なアルバムに『剃刀乙女』『檻髪』『うたびこ』『0』『マホロボシヤ』『qp』『アダンの風』。

川上弘美（かわかみ・ひろみ）小説家。一九五八年、東京都生まれ。主な著書に『蛇を踏む』『センセイの鞄』『真鶴』『水声』『神様2011』『大きな鳥にさらわれないよう』『三度目の恋』。

蓮實重彦（はすみ・しげひこ）フランス文学者・映画批評家。一九三六年、東京都生まれ。主な著書に『反＝日本語論』『監督　小津安二郎』『凡庸な芸術家の肖像』『『ボヴァリー夫人』論』『伯爵夫人』。

初出　「新潮」二〇二一年三月号

パンデミック日記

2021年6月25日　発行

編者　「新潮」編集部

発行者／佐藤隆信
発行所／株式会社新潮社
〒162-8711 東京都新宿区矢来町71
電話　編集部(03)3266-5411
　　　読者係(03)3266-5111
https://www.shinchosha.co.jp

ブックデザイン／新潮社装幀室

印刷所／大日本印刷株式会社
製本所／大口製本印刷株式会社

乱丁・落丁本は、ご面倒ですが小社読者係宛お送り下さい。
送料小社負担にてお取替えいたします。
価格はカバーに表示してあります。

ISBN 978-4-10-354051-9 C0095